KB027747

장정희 시집

쑥
부쟁이

한누리미디어

국립중앙도서관 출판예정도서목록(CIP)

쑥부쟁이 : 장정희 시집 / 지은이 : 장정희. -- 서울 : 한누리미디
어, 2018
  p. ; cm

권말부록 수록
ISBN 978-89-7969-775-9 03810 : ₩12000

한국 현대시 [韓國現代詩]

811.7-KDC6
895.715-DDC23   CIP2018014568

지나간 시간은
산성비 맞은 낙엽처럼 썩지도 않고
차곡이 쌓이는데
새로운 잎은 다시금 돋아나고
길섶 들꽃들은
약속 없이도 잊지 않고
꽃을 피웁니다.

따사로운 햇살이
창 넘어 마음에 파고 드는
빛 고움이 가득한 날
지난 것들에 대한 회한이
새싹 돋듯이 돋아
불꽃같이 아지랑이 피어오르는 날에
나의 노래를 불러 봅니다.

2018년 햇살 고운 봄날에

부쟁이 |

차례

제 1 부 쑥부쟁이

장정희 시집

Contents

제2부 섬

차례

제3부 작은 기도

| 장정희 시집

Contents

제4부 달과 홍시

부쟁이

차례

제5부 비상

제6부 부록

장정희 시집

어두움 되어

어둠이 되어
빛으로 삶을 밝히는 이들을 위하여
쉬어갈 어둠이고 싶다

빛이 되어 세상을 밝히는
반듯한 것들을 위하여
조용히 흐르는 배경이 되고 싶다

퀴퀴한 어둠 속일지라도
내 살아
꿈틀대는 어둠을 밟고
빛을 내는 것들을 보고 싶다

찬란할수록 더욱 짙은 어둠으로
공존할 줄 아는
뿌리로 남고 싶은
아!
내 소원아!
묵묵히 어둠으로 남아
빛의 영광을 보는 어둠이 되어다오

한 공간
멀고
먼 거리에서나마
내 침묵이 희망으로 남을 수 있게

내 비록 영원한 어둠에 갇힐지라도
빛 밝히는 어둠으로 살게 해 다오

어두움 속에서
꿈틀대는 침묵으로

부쟁이

가을 · 1

빗살 속에
고혹의 국화꽃 향기 그득하고

바람 속에선
파스텔 빛 물감이
뚝! 뚝! 떨어진다

아!
빈 강 달 돋는 금파에
조각배 띄워놓고

색 고운 바람 하나 걸쳐 입고
국화꽃 향기 날리며

가을 속으로
떠나고 싶다

장정희 시집

봄날

새콤한 향기의 녹음 때문인가요?
흐드러지게 피어난
영산홍의 붉은 입술에 취해서인가요?
나비 날개깃 분가루처럼 나리는
보드레한 햇살의 유혹 때문인가요?
머언 그날의 쓰디쓴 추억 때문인가요?
바람 한 점 없는 대청마루 위에서
마음은 어지러이 흔들리고
눈가에 잔물지는 서러움은
석양의 끝에서 우웁니다

부쟁이

초추

들판엔
황금빛 치맛자락 펄럭이고
산자락엔
색동저고리 곱게도 나불이며

손 뻗어 닿을 듯 밝은 달 속엔
쓰러져간 지난날이 담겨 흐르고
뒤꼍 밤톨 떨어지는 소리에
밤은 더디만 간다

초추의 바람에
만상이 영글어 가는 밤

나의 이성은 무디어만 가고
흔들리는 가지 위에
병부의 미몽만이 대롱인다

봄 · 1

여기의 눈꼬리로
청초한 향기로
나를 또 다시 들뜨게 합니다

오시는 듯 떠날 줄이야 뻔히 알지만
가엾은 이의
애절한 교영의 서러움이
내 사랑을 허락합니다

나는 또 다른 이를 맞이하지만
떠나는 님은
다시는 나를 보지 못하기에

이 밤
등불 밝혀두고
님을 마지막처럼
사랑합니다

부쟁이

희망

별들이 촘촘히 빛나는 밤
집 앞 공원에 한 노숙인이
하늘을 덮고 잠이 들었습니다

노기 찬 광풍 뒤에 올 고요를
나는 압니다

어둠으로 내리는 이슬은
아침을 위한 태동의 눈물임을
나는 압니다

사막이 아름답다는 것쯤이야
어린 왕자가 말하여 주지 않았어도
우물이 있기 때문임을
나는 압니다

그러나 거기에
내 삶의 모순은
대입이 되지 않았다는 것을
나는……

모르고 살았습니다

하지만 그 노숙인은
나와는 다른
세월이 지나도 닳지 않는
아름다운 삶이 있었나 봅니다

쑥부쟁이

쑥부쟁이

겨우내 등허리로 몰아치던
서리바람 잦아들고
처마 끝에 봄바람 대롱일제
파릇이 돋아난 쑥부쟁이 캐어다가
주린 배 채웠으니
여름 내내
초롱꽃이 뱃속에서 피겠구나

가뭄

기다리는 가슴은
쩍쩍 갈라지고
목이 탄다
기약 없는 구애는 허공을 맴돌다
사그라진다
구름은 무심 지나쳐 흐르고
강물은 길을 멈추었다

뚝부쟁이

한 사람 있어

보고 싶은 사람 하나 있어
편지지 위에
사랑의 연서 뉘어 봤으면

사랑하는 사람 하나 있어
푸른 밤하늘에
그리움 가득 뿌려 봤으면

그리운 이 하나 있어
붉은 노을 강가에서
사랑 노래 불러
강물에 띄워 봤으면

내 서러움에 젖어
눈물짓는 날
부를 이름 하나 있어
목 놓아
불러 봤으면

두견화

끊어질 새 숨죽인
고운 햇살에

물오른 가지 위에
봄바람 열리던 날

두견새 울음 따라
지화로 그려놓은
진달래 만발하건만

달빛 따라 지는 꽃잎
보기 서러워

아니 본 듯
돌아서는 애달픈 눈빛

지나온 그 날들이
더욱 서럽다

부쟁이

꿈

날이 갈수록
잠자리에서 일어나지 않는 날이
많아진다
무겁게 가을이 익어
호수에 채워지는 낙엽처럼
꿈이
이불 속에 잦아진다

내가 갈 수 없는
시간과 장소와 얼굴들이
나를 찾아주는 재미에
이불을 눌러 쓰고
발가락만 꼼작이다가
햇살이 창을 밟고
지붕 꼭대기를 서성이는 시간에도
나는 눈을 질끈 감고
잠을 청한다

아! 아름다웠던 날들이여
아! 내 사랑하는 이들이여

장미꽃 향기로운 기억들이여
영원히 함께 하리라

해가 뜨고 지는 일 없는
그 곳에서…

부쟁이

친구야 · 2

친구야!
묵 한 사발에 흐릿한 막걸리 잔일지언정
맑은 추억 한 잔 띄워 보세나
가늘어진 팔뚝 드러내고
내 팔뚝 네 팔뚝 호기도 부려 보고
또렷한 기억들 속의 희미해진 얼굴들
숙이랑 정이 란이 그리고 옥이……
그 아이들에게 이야기하지 못하였던
짝사랑의 추억 하나면
무에 안주가 더 필요하겠는가?
모두들 예뻤지만
오늘은 험담이 더 맛스럽지 않을까나
고놈들이 오늘의 안주로 부족함이 없으니
어찌 또 어여쁘지 않은 친구들일까나
그 놈들의 얼굴이 아직도 우리에겐 저 묵 덩어리만큼
탱글탱글하게 살아있으니
술맛이야 시큼하다만 이 시간의 우리 인생이
상큼하기만 하구나

그리움 · 1

바람 불더니
비 오고요
그리움 떨어집니다

쑥부쟁이

꽃이 지고 피듯이

꽃이 피듯이
화려하게 사랑이 시작되었고
꽃이 지듯이
볼품없이 사랑이 떠나갔습니다
철 따라 꽃이 피듯이
사랑이 다시 피었으면……
철 따라 꽃이 지듯이
지난 사랑도 지워졌으면……

떠난다는 것은

내가
떠나는 것이나
누군가가 떠나가는 것이나
슬프고 서러운 건 매한가지다
연년이 오고가는 계절도 보낼 때면
서러움이 겨울비처럼 가슴을 적시는데
노상 나와 함께 하던 것들에서 이별한다는 것은
그것이 서재에 놓여있던 책상이든
사랑하는 사람이든
아픔은 매한가지다

부쟁이

설화

어제는 그리움이
새까맣게 몰려와
하늘이 산 위에 내려앉고
강물엔 마른 안개 깔리더니

새벽 이른 녘에
하얗게 타버린 그리움
재가 되어 천지를 덮었지만
다 태우지 못한 그리움 남아

이내
눈물 되어
진토에 묻힌다

내가 당신을 기다리는 것은

내가 당신을 기다리는 것은
당신이 오시리란 믿음 때문이 아닙니다
내가 당신을 기다리는 것은
혹여라도 당신이 찾아주시리란 미련 때문도 아니랍니다

내가 당신을 잊지 못하는 것은
내가 당신을 사랑하기 때문만은 아닙니다
내가 당신을 그리워하는 것도
당신을 사모하는 마음만이 아니랍니다

내가 당신을 기다리는 것은
허수한 맘속에 곤두래미 줄줄이 열리기에
당신을 기다리는 것입니다

내가 아직도 당신을 잊지 못하는 것은
애절한 심사 가없는 고통이기에
당신을 지울 수 없는 까닭입니다

내가 당신을 기다리는 것은
나에게 아직 참회의 날이 더 남아있기 때문입니다

부쟁이

제 2 부

섬

섬

강파른 바다
외로운 섬
등대가 길을 밝혀도
바다는 길을 잃고
밤새워 선창船艙을 두드린다

무녀리 떠난 바닷길에
비는 내리고
잠결에 더듬어 보다 손끝에 걸린
슬픈 덩어리

개우치 울음소리
밤을 에이고……

유성

별을 보다가
기도합니다
소원이 통하여
그 별이
내게로 떨어집니다
더 큰 빛이 되어
내게로 떨어집니다
두 팔 벌려 안아 봅니다
아!
그 빛은
나의 가슴에 안기기도 전에
다
타 버렸습니다

부쟁이

김천역전 낙락장송

혹한의 세월
눈보라 속에서도
날선 푸르름은
찬란하고

말없이 담아온
파란의 세월
굽이굽이 휘어진 섬연한 자태는
절로 이 고개 숙여지는
위엄이다

거룩한 자가
이토록 아름다운 적이 있었으며
아름다운 자
이토록 거룩한 적이 있더냐?
나는 이에게도 주야장천 푸르른 희망이요
드는 이에게는 새로운 꿈이다

옛날 그 옛날에도 그러했듯이
내일 또 내일에도 그러하리라

천상의 이슬 감천 맑은 물에
재넘이 추풍을 맞았으니
고와도 절개요
고절 속에 휘어지는 사랑이어라

가론 할이 너나없이
팔도에 희망이어라

부쟁이

노트르담의 종소리

시간은 알 수가 없다
바깥의 어둠이 한 번
잘 여미어진 커튼이 한 번
방안의 어둠을 가두고 있다

나의 사지는 삶의 밖에 있고
정신만 온전히 살아 움직인다
머얼리 노트르담 성당의 종탑에서
콰지모도가 치는 종소리가 들려온다
어둠 속에서 죽어있던 것들이
조금씩 살아서 움직인다

종소리는 이내 끊어지고
또 다시 어둠이 방안을 지배한다
이 어둠도 언젠가는 가시겠지만
노트르담의 종소리도 다시는 울리지 않을 것 같다

목이 마르다
어둠이 몸을 묶는다
사이렌소리가 들려온다
멀리서 가까이로……

리어카

해가 뜨면 토굴로 기어들고
해가 지면 빌딩 숲으로 나간다
리어카의 무게만큼 인생도 무겁다
만물이 태양에서 영양분을 공급받지 아니 하든가?
나의 생활은 태양과 반대로 돌아간다
그래서 삶은 자라지 못하고
황폐해져 간다
한 포기 풀조차도 견디지 못하는 삶의 터전에
리어카에 실린 인생의 무게만큼은
무럭무럭 잘도 자라고
등허리는 실버들처럼 낭창인다
몸뚱이라야 평초萍草처럼 가볍건만
한 발이 천 근이요
두 발이 만 근이다

부쟁이

미안합니다

길을 걷다가도 문득
창밖을 내다보다가도 문득문득
비가 오면 비가 와서
눈이라도 내리는 날이면 더욱
아름다운 것이라도 바라보는 날에는 더욱 더
좋은 일이라도 생기는 날엔 온종일
그렇게 당신이 생각납니다

이제야 당신의 마음을
조금이나마 헤아릴 수 있기 때문인 듯합니다
지금에야 나의 잘못을
조금이나마 알기 때문인 듯합니다
당신에게 참말로 미안한 말인 줄은 알지만
당신을 진정으로 사랑하였습니다
참말로……
미안합니다

장정희 시집

믿음과 배신

난 하느님과 그의 아들 예수를 믿었다
그것도 모자라
석가모니와 시방세계의 모든 부처를 믿고
열심히 기도하였다
부귀와 영광을 바라는 소원도
공부 못하는 자식 좋은 대학 가도록 하여 달라는
곤란한 소원도 아닌
계집아이 하나 만나게 해달라는
작은 소원을 위하여……
믿음을 버리지 않고 기도하고 기도하였다
이제 그 계집아이는 어른이 되었고
설령 그 아이가 내 곁을 지나간다 해도
난 알아볼 수가 없다
그들은 모두를 사랑한다고 하였는데
난 아닌가 보다
나도 그들을 더 이상 믿지 않기로 했다
전능하다는 자들은 사랑을 잃고
난 소원을 잃었다

43

그땐 몰랐습니다

사랑이 나에게로 왔을 때
그것이 사랑인 줄만 알았습니다
사랑이 나에게서 떠난 후에야
그것이 사랑일 줄이야

그땐 몰랐습니다

반찬통

오늘도 빈 반찬통 하나가 쌓였습니다

친구들의 정성이 담긴 반찬을
먹고 살지만
나의 몸은 그대로 허기지고

빈 반찬통만 쌓여 갑니다

내가 담아서 되돌려 주어야 할
반찬통들은
빈 채로
한 칸 두 칸
차곡차곡 쌓여만 가고

마음은 점점 더 여위어 갑니다

세운상가 국밥

2500원짜리 국밥 속에
소고기란 놈은 몸통은 숨긴 채
벌겋게 생색만 요란하고
제 몸통에게서조차도 뜯겨져 나온
버림이나 받은 우거지 놈이
요놈이 단맛과 시원한 맛을 동시에 우려내고
이빨 빠진 나의 입놀림에도 반항 한 번 없이
식감 좋게 씹힐 줄 아는 놈이다
버림받은 놈이 진국을 만든다
버림받은 놈이 주인공이다
2500원짜리 국밥 한 그릇이
나에게는 구원이요 한나절의 행복이고 호사다
나의 바지주머니는 이 한나절의 호사에
오늘도 기꺼이 무게를 내려놓았다

세월여류歲月如流

시간이 빠르다고 하지만
세월보다 앞서진 못하고
세월이 빠르다 하여도
나이보단 뒷전이었습니다

그렇게 빠른 시간을 달려왔는데
지금은 남는 시간 때문에
집에서도 지하철에서도 눈치나 봐야 하는
천덕꾸러기가 되었고

은발이 성성한 세월 속에 용해된
안목과 식견은
늙은이의 퇴색한 사고思考나
달갑지 않은 잔소리가 되었습니다

부쟁이

가을비

이렇게 소슬이 가을비가 내리는 날엔
창가에 앉아 커피를 마시며
따뜻한 커피와 입김에 서린
창에다가
그리운 이름을 써보는 여유도 좋고

가슴 속에 꽂아둔 추억 하나 꺼내들고
옛이야기 조근조근 들려오는
고궁의 돌담길을 걸어보는 것도 좋겠고

낙수소리 벗 삼아
파전에 막걸리 한 잔이면
행복하지 않을까

이도저도 아니면
젖어나 보자
이 비
마를 때까지

가을 · 2

머언 바다에서 일어난 바람이
들판을 지나
굴곡진 고랑을 밟고 넘어
강물에 그믐달 띄워놓고
산마루에 올라타선
수많은 별들을 창천으로 쏘아 올린다

아!
바람이 지나온 자리엔
초록이 쓰러지고
바람을 타고 바다가 올라온
9월의 들판엔
산호가 춤을 춘다

쑥부쟁이

인생

눈이 부시게 푸르른 하늘도
구름이 흐르지 않는다면
그 높고 푸름이 어찌 도드라져 보이겠으며

눈이 시리게 반짝이는 쪽빛 바다도
파도가 없다면
어찌 깊고 망망한 위용을 자랑할 수 있겠는가

우리네 인생도
먹구름과 파랑 한 번 일지 않는다면
어찌 깊이 있는 삶이라 할 수 있으랴

친구야! 산으로 가자

친구야!
이렇게 빛이 고운 날엔
산으로 가자
달콤한 꿀타래가 쏟아지는 햇살을 먹으러
산으로 가자

친구야!
산으로 가자
노을이 타는 황혼녘에
에메랄드빛 바다를 한 바가지 길어다
서쪽 마루에 뿌려 보자

친구야!
가자, 가을 산으로
우리의 인생도 가을 즈음이 아니더냐?
가서 아름답게 물들어가는
가을을 배워 보자

부쟁이

꽃

꽃봉오리 터지는 산고에도
소리 없이 피더니만

화려한 자태 고옥한 향기
들바람에 맡겼다가

칼날 겨눈 갈바람에
흔들리는 너

제 **3** 부
작은 기도

작은 기도

나의 눈물이
임의 발밑에 흐르는
작은 사랑이 되게 하세요

나의 눈물이
임의 가슴에 흐르는
작은 기억이 되게 하세요

나의 눈물이
내 가슴 속에 아직도 기억되는 이름들을
지우지 않게 하여 주세요

바라건대
아직은 나의 눈물이
마르지 않게 하여 주세요

장정희 시집

초가

외딴 초가에
너도밤나무 가지에 부딪혀 부서진
싸늘한 달빛 조각은
창가에
젖은 풀꽃처럼 떨어지고
마을을 지나온 차가운 바람은
메마른 어둠으로 문풍지를 흔들고
홀로 이 밤을 지키는 자는
외로워서도 무서워서도 아닌
슬플 수밖에 없는 운명에 운다
풀벌레 미동조차 없는 밤에
짝 찾는 들고양이의 발정 난 울음은
스산한 바람에 날을 세우고
사내의 목을 파고든다

부쟁이

잔을 들어라

이제 죽은 것들은
모짜르트의 진혼곡 레퀴엠에 태워 보내고
새로운 생명을 위하여
베르디 축배의 노래에 잔을 높이 들고
살아남은 자들의 달콤한 입술에 잔을 포개고
이 밤이 새도록
떨어지는 홍화에 취하여
노래 부르자
살아남은 것들을 위하여
자!
잔을 들어라

봄·2

시퍼렇게 날을 세운 칼바람도
떨어트리지 못한 푸르른 풀매화

잎새에 내린 청녀는
꽃이 되어
아침을 영롱한 빛으로 울리고

머얼리서
바지락이는 개울물 소리
봄을 알리는 광명의 태동!

오, 해산의 날이여!

부쟁이

운명

곱고 찬란한 별이
온 세상을 수놓아도
내 잠든 밤
이루어지는 일이고

태양이 뿜어내는 양분은
나에겐 목마름일 뿐

목마름 적시는
빗방울은
거할 곳 없는
나의 육신을 타고 흐르는
오솔한 아픔입니다

내게 보내는
당신의 부질없는 미소에
나의 시간은 죽어만 가고

어쩔 수 없는 운명은
아마도……

전생에
꿈같은 사랑이 있었겠지요

부쟁이

오늘

아! 오늘
이 한 날은
당신이 있기에 열리고

그리하여 나는 새롭고
빛은
그 모습 그대로
하루를 이루고
내일을 꿈꾸게 합니다

수많은 날들이
한결
오늘을 이렇게 이듯이

당신은
나의 나날입니다

껍데기들이여 안녕!

햇살은 차지 않고
바람이 산들 불어
물결은 급하지 않은 날

난 알몸이 되어
강물에 몸을 던지리라

아!
꿈꾸던 여행을 떠나리라

오롯이 자유를 위하여
물결이 되리라

껍데기들이여
영원히 안녕!

부쟁이

쭉정이

때 늦은 한 날에
뇌우 강수 쏟아지고
녘새발 울음 따라
골골이 한 시절이 익는 밤

쭉정이 움켜쥐고
가을을 바라본다

비와 바람

어제는
바람 불어
비 오더니만

오늘은
비 오더니
바람 부누나

쑥부쟁이

새똥

내가 한때는 차를 사면은
혹여나 그 차가 누군가에 의해서 흠집이라도 날까
노심초사 잠 못 이룬 적이 있지요
그러나 그 차는 나의 의도와 상관없이
비도 맞고 눈도 맞고
때론 지나는 새가 똥을 누기도 하였지요
하늘에 커튼을 치고
새도 다 죽여 버리고 싶었지요
이젠 알지요
비와 눈과 새똥의 의미를
그 귀히 여긴 고철의 의미가
새똥보다 못하다는 것을

처서

어젯밤
열어놓은 창문 사이로
처서가 몰래 들어와
귓불에다
가을의 입김을 불어넣고 가더니

오늘 아침은
모가지 길게 자란 코스모스처럼
마음이 쉬이 흔들립니다

흔들리는 마음을
하늘가에 묶어 보려 하지만
하늘은 이미 너무나 깊어
발돋움해도 닿지 않고

바다에 나가
흔들리는 마음을 담그고
파도의 이야기에
귀 기울여 보렵니다

부쟁이

사랑은

사랑은
누구나 받고 주기도 하지만
소유하거나 간직할 수 있는 게 아니다
가두어 둘 수는 더더욱 없다

사랑은
공기보다 가볍고
부패의 속도가 제일 빠르기 때문이다
그래서 매일매일 새로운 사랑이 필요하다

사랑은
영원한 게 아니라
쉼 없이 줄 때만 존재하는 것이다

벽

그리운 것은
질기고 단단한 벽 너머에
서 있지만

보고 싶은 것이야
가림 없는 심상일진대

그리움보다 먼 그대는
누가 만든 사유私有인가요?

부쟁이

제 4 부

달과 홍시

달과 홍시

찬바람 불어와
별이 부서지는 소리에
창을 열어 보니

뜰 앞 감나무 나뭇가지
떨어진 홍시자리에
차가운 바람만 걸려 있다가

홍시보다 고운 달이
열려 있네요

저 달 따서 보내오니
동그랗고 밝고 따스한
나날이 되소서

노을

만산홍엽에 지는 노을은 빛인가요
홍화에 비친 그림자인가요
아님
내 그리움에 지친
그대의 가슴인가요?

나의 욕심인가요?

아침이 오면
행복할 수 있는 이유가
마주보고 웃을 수 있는 사람이 있다는 것
하나였으며

봄날
길섶 들꽃 한 송이에도
깍지 끼고
취기 부릴 수 있는 사람

여름날 낙숫물 장단에
커피 한잔이며
오디오 없이도
음악회가 될 수 있는 사람

가을이면
지는 꽃잎 바라보며
아쉬움에 고개 떨굴 때
가만히 어깨를 내어줄 수 있는 사람

겨울이면
눈마저 내리지 않는
혹한 서린 긴 밤
밤톨 하나 얹혀 있지 않은
빈 화롯불 앞에서도
배부르고 따뜻할 수 있는 사람

그런 사람은
나의 과욕인가요?

낙엽 · 1

힘없는 가지에 매달려
바람 따라 아슬아슬 흔들리다가
날 이울어
스산히 바람 울던 날
차가운 아스팔트에 뒹구는
참담한 자유

이리 차이고 저리 밟히는 자유마저
낡은 빗자루에 쓸리어
쓰레기통으로 처박히는
아! 서럼의 비창

겨울 이야기

겨울이 오면
죽은 나무에 꽃이 핀다
순결한 백색의 꽃으로
겨울이 오면
날개가 돋는다
봄날에 올 희망을 위하여
겨울이 오면
태동의 고통도
성장통으로 겪어야 하는 청춘의 아픔도
시들은 추억 노부老夫의 외로움도
이제 편히 잠들 수 있기에
우린 다시 어머니의 품으로 돌아가는
씨앗이 된다
겨울이 오면
죽은 자 없이 모두가 잠이 들고
새로운 꿈을 키운다
겨울이 오면
하얀 꽃이 피고
꿈은 잠자고
죽은 나무에 꽃이 핀다

부쟁이

행운

나는 기적이나 행운을 믿지 않습니다
그러나 당신이 가지고 있는
진실의 힘은 믿습니다
나는 사랑을 신뢰하지 않습니다
그러나 당신의 사랑에게만은
한없는 신뢰와 존경을 보냅니다
나는 그 어떤 기도문에서도 평온을 찾을 수 없지만은
당신의 조용한 미소 속에서
잔잔한 평안을 찾을 수 있습니다
내가 지금도 꿈을 잃지 않는 것은
당신의 따뜻한 관심이 있기 때문이며
아직도 희망을 향한 발걸음을 멈추지 않음은
나의 삶 속에 언제나 당신이 존재하기 때문입니다
이 기적의 행운을
나는 믿기로 했습니다

장정희 시집

아이와 어른

내 어릴 적엔
얼른 어른이 되고 싶었다

이제 어른이 되고
부모가 되었다

내 어른이 되어
힘들고 고단한 삶에 지칠 때
아이로 돌아가고 싶지만

부모님은 이미
너무나 먼 곳에 계신다

부쟁이

예봉산

차창을 비껴 흐르는 초록 물결에
마음은 일렁이고
연신 찌그덕이는 노회한 중앙선 주말 열차엔
청춘들로 가득 찬 열기가
오월에 파릇한 향기로 넘쳐
고동치는 심장의 박동은
덜커덩 덜커덩 열차 바퀴를 흔들어 놓는다

내처 오른 사랑산(예봉산) 아래
은빛 펄떡이는 잔잔한 강물 위로
아! 파아란 하늘과 산과 내가
두둥실 흘러간다

기차를 타면

기차를 타면 선로와 바퀴의 마찰음이
트로트의 박자마냥 언제나 정겹고 평안하다
기차를 타면 청산 보랏빛 하늘 아래 놓인
고향의 골목길도 생생히 떠오르고
흥부의 박속같은 외할머니의 따뜻했던 손길이
아련히 기억을 적신다
기차를 타면 초등학교와 중고등학교 때의 수학여행이
그때와 다름없이 나와 같이 여행하며
경주 불국사도 보이고
해운대와 용두산 공원의 비둘기 떼도 보이고
친구들의 깔깔대는 웃음소리가 기차 안 가득히 울려 퍼진다
기차 안에선 나의 시간들이 정신없이 거꾸로 돌아간다
기차를 타면 종착역이 어디가 되었든
그곳 플랫폼에서 그 사람이 오랜 기다림으로
나를 기다리고 있을 것만 같아서
나는 기차를 탄다
기차를 타면 나는 가고 싶은 곳 머물고 싶은 순간들을
언제나 만날 수 있다
나는 오늘도 기차를 타고 잃어버린 나를 찾는다

부쟁이

가을 하늘

앳된 비구승의 파리한 이마에 비친
가을 하늘에
금세라도 떨어질 것만 같은
눈물이 두려워
무풍에 휘적이는 억새의 도래질은
낙엽 위에 까닭 없이 떨어지고
바삭이는 가을은
오슬한 추억을 견디며
이별의 잔혼을 밟고
날선 잔혼에 찢긴 발자국으로
서녘 하늘에 피를 뿌린다

낙엽 · 2

깨끗이 비워 놓은
파아란 하늘은

오늘
이렇게 피어질
붉은 영혼들을 위한
빳빳한 수의에 깔린 다듬질

잔인한 색채에 짓눌린
색 바랜 영혼들의 피 끓는 진혼

어혈 속에 떨어지는 영혼이라도

너의 눈길에
아름다움으로 남고 싶은
마지막 몸부림

아름다운 건

꽃이 아름다운 건
당신의 자태를 닮았기 때문입니다

꽃들이 풍기는 향기는
당신이 품어온
마음의 체취 때문입니다

부드러운 봄볕의 선율에 몸 맡기는
나비의 군무는
당신의 따사로운 미소 때문입니다

시리도록 푸르른
옥빛 호수의 잔영은
당신의 맑기만 한 눈동자에서 흘러내린
눈물의 담수입니다

꽃이 피고 잎이 지고
또 다시 피고 지는 건
당신의 손짓에 의해서이기에

나는 오늘도 당신의 손길을
은혜로이
기다리고 있습니다

부쟁이

비가

비가 내린다
주룩주룩
눈망울 허물고

비가 내린다
가슴을 타고
오슬오슬

비가 내린다
기억을 따라
추적추적

주절이 주절이
비는 내리고
사분이
내 사랑을 묻는다
비가

후드득 후드득
떨어진다

장정희 시집

날들이

모다갓비
나를 적시고

그대
길 뒤로
해비 내린다

행복

양주시 남면 신산리 지번도 없는 곳에서
풍찬노숙하여도
시상의 경제는 나의 배꼽이 질로 먼저 알고
작금의 날씨는 기상대의 풍향계나
슈퍼컴퓨터의 분석보다 정확히
창문과 벽 사이로 드나드는 바람만 보아도 알고
달빛마저 삼켜 버린 회색빛 밤이지만
어제의 잔설이 남아 길 밝혀주니 희망이요
흔한 TV나 컴퓨터 하나 없어도
세상인심은 나의 주머니 속에서 좌지우지되고
고대광실 넓다 하여도
울타리 벗어나지 못하건만
조심하여 보아도 사방 십리는 내 것이니
나의 절제가 심히 무색하다
내 일찍이 부모님 떠나보내시고 처자식 버렸으니
바람보다 자유롭고 가벼우니
이놈의 희귀한 행복이 과하기만 하구나

눈

비는
장터 아줌씨의 입담처럼 내리지만
눈은
여염집 새악시의 버선자락처럼
사뿐히 나려서 좋다
눈은 이불솜 같아서
흠뻑 맞아도 따스해서 좋고
지금은 유효하지 않은
그녀와의 약속이 생각나서 좋다
눈은 키 작은 나무나 키가 큰 나무나
똑같이 꽃을 달아서 좋고
벗겨진 상처를 보듬고 감싸서
더더욱 좋다

눈이 정말 좋은 건
달콤한 옛 추억을 솜사탕처럼
입안에 녹여 먹을 수 있다는 것이다

부쟁이

부메랑

한파에 강물이 몸을 숨기고
파릿한 강바람에 쭈뻣이 살이 돋는다
바람이 스치고 지나간 강가에는
깨어진 유리 날 같은 풍경이 서있다

봄이야 오련마는……
다음해에 오는 칼바람은 어찌 할까나

봄날 오후

봄바람에 못 이겨
마을 어귀 저수지 길켠 목련나무 아래서
꽃봉오리 터지는 소리에
온종일 아픔을 나누어 보지만
내 아픔은 아니어라
보다가 졸고
졸다가 보고

날 이울어
저수지에 달 띄워놓고
달그림자 밟으며 돌아갑니다

부쟁이

시월에

시월에
시월의 마지막 날에
당신의 가슴에
새빨간 단풍으로
청춘의 불을 지지고
황금빛 들녘에 나아가
당신의 삶의 타래에
튼실한 알곡만 엮어서
장수의 날선 창처럼 번뜩이는
빛을 지피겠습니다

몫

살고자
배를 띄웠습니다

누군가는
왼쪽이라 소리치고
누군가는 오른쪽이라고
비밀스럽게 이야기해 주었지요

그러나
그들은 아무도 나의 배에 타지 않았습니다

배는
띄워지고
선수에 홀로 서있습니다
항로는
바람의 몫으로……

내게 지금 필요한 것은
그들의 키스와
내 영혼을 위한
기도입니다

부쟁이

제 5 부

비상

비상

청조한 밤은 고요히 흐르고
어둠에 라일락 향기 깔리면
빨간 장미 무성한 정원에서
카나리아 노랫소리 머리맡에 두고
그녀와 나는 밤새 사랑을 나눠요

별들은 강물에 잠기고
은빛 햇살이 물 위에 떠오를 때
그녀는 물안개처럼 사라지지만
나는 슬프지 않아요

또 다시 밤이 오면
나는 그녀와 사랑을 나누고
그녀는
여명에 녹아지는 밤 그림자처럼
오늘도 이별하지만
나는 울지 않아요

내일 또 다시 밤은 오고
폭풍과 눈보라 속에서도

그 어떤 빛보다 또렷한 길로
그녀는 나를 찾아오기에
나는 날파람에 돛단 듯
그녀를 보내고
가시는 발길에 입맞춤합니다

우리의 사랑은 이렇게
이별 없이 깊어서
그녀가 내 팔 위에 잠들고
나 그대 가슴에 잠드는 날

달은 야위어 강물에 빠지고
별들은 시들어
대지에 묻힐 거예요

부쟁이

비밀의 정원

고운 빛 단풍나무 아래로
바람이 스미면
낙엽의 달콤한 속삭임
'땅이 얼어붙기 전에 떠나세요'
'겨울이 없는 봄을 나는 알지요'
낙엽의 은밀한 귀띔

절대로 아무도 모르는 곳
겨울이 없는 그곳
나비와 꽃이 밤을 지우고
사랑을 노래하는 곳
한 번 가면은 그 누구도 돌아오지 않는
비밀의 정원 그곳으로 가자고
마지막 잎새에 새긴 쪽지를 보내왔어요

당신에게만 남기고 갈게요 이 비밀을
내가 오지 않거든 그곳으로 오세요
달도 별도 없는 밤에
바람같이 어둠을 가로질러
살며시 내게로 오세요

봄이 온다 한들

가을이 깊어도
은행잎이 포도鋪道를 노랗게 물들여도
외롭거나 슬프지 않다
그리워할 이도 보고 싶은 사람도
나에겐 남아있지 않다
이제 하얀 눈이 산천을 덮는다 해도
즐거울 일이 없다
눈 위에 그려볼 얼굴도
눈 위에 쓰다 지울 이름도 없다
봄이 온다 한들
나에게 무슨 이유
희망은 또 다른 형벌

뫼

내 골병든 마음을 도려
뫼 봉에 찢기어 피 흘리는
노을을 따라 바다로 나아가
애끓는 심사를 어르고 얼러
목이 에도록 불러보자
나의 슬픈 노래를

죽음조차 누일 곳 없어
의지가지 하나 없는 슬은 목줄을
마음 놓고 풀어보자
저 바다 위에

밤비

밤비가
창을 타고 내린다
찌들은 땟자국을 지우며
방울방울 떨어져 내린다
지워지기 싫은 자국들은
사력을 다해 버티어 보지만
비
그치고
한층 더 찌든 몰골로 남아
창밖 풍경을 얼룩지게 만든다

부쟁이

눈 내리는 날

눈이 내린다
세상을 하얗게, 하얗게 덮어간다
너도 나도 즐거운 얼굴이다
이 동네 저 동네 개들도 좋아라 날뛰고
어두운 생각도 추한 모습들도
짬짬이 드러나는 더러운 삶의 단면도
잠시 덮어버리고 감출 수 있기에
눈 나리는 길 위에는
모두가 눈처럼 맑고 깨끗하다

눈이 그치고
잔상이 미처 사라지기도 전에
세상은 민낯을 드러내고
골목골목 사람의 발자국이 찍히는 곳에는
질척이고 더렵혀진 세상으로 돌아온다
찡그린 얼굴들이 거리를 채우고
모든 것이 본래의 모습으로 돌아간다

장정희 시집

기억

잊어달라기에
밤이면 어둠을 파서 생각을 묻고
강가에 나가 마음을 씻어 보지만
아침이면
반짝이는 기억은 창공에 펄럭이고
강물 위에 물결칩니다

머리에 하얀 서릿발 내려
옛이야기는 서서히 죽어가지만
기억은 더욱더 또렷한 아픔으로
채색되어집니다

가을 · 3

가을 하늘이 우물에 내려와
우물 속엔
깊디깊은 가을이 가득 담겼다

두레박을 내려
빛 좋은 햇살에 잘 익은 옥색 고운 하늘을
한 두레박 길어 마음을 닦고
두레박을 다시 내려
티 없이 맑아 입이 베일 듯 사각이는
가을 한 모금을 마셔본다

두레박 안에는
시리도록 고운 바람이 일고
고요한 만추의 여유가 흐르고
만상이 여물어 가는데
설익은 내 삶은
날선 입동 서리에 맞아
우물 속으로 떨어진다

삶

가슴팍에 돌덩이 하나 눌러앉아
숨 겨운 나날
목구녁엔 세월의 거스러미
하나 박혀
삶은 칼날 위에서 멈췄다

서런 눈물
칼날 위에 떨어지지만
삶은 잘리지 아니 하고
칼날을 감싸 흐른다

바람

우리는 바람처럼 살다가 바람처럼 가기를 원합니다
하지만 그 바람의 진정한 의미를 모른 채
그렇게 살고자 합니다
또한 바람은 억울하게도 나쁜 의미가 부여된
부정적 체언으로 많이 쓰이기도 합니다
바람이 비를 실어와 대지에 양분을 주고 바람이 햇살을 실어
꽃을 피우고 열매를 맺는다는 사실을 간과한 채 말입니다
며칠 전 제주 올레길 바닷가 벼랑 위에서 들려오던 바람이
만든 파도소리의 음률을 잊을 수가 없습니다
오름을 타고 내려와 풀잎 하나하나에까지 스며드는
실바람은 온 세상을 초록으로 물들이고 있었습니다
모처럼의 바람과의 대화였습니다
그 바람을 싣고 서울에 왔습니다
그 바람은 나의 바람을 싣고
당신이 계시는 곳에서도 불고 있을 것입니다
창을 열고 바람에 실려온 향기와
손길에 몸을 맡겨 보시길 바랍니다
당신의 마음이 바람 따라
하늘을 유영하는 모습을 보실 수 있을 것입니다
아름다운 오후가 되시길……

그리움 · 2

잿빛 먹구름이 몰려와
억수 비를 뿌리더니
내 가슴에
찰랑이는 호수 하나 생겼다

부쟁이

슬픈 진화

개 짖는 소리 들리지도 않았는데
마당엔 가을이 휩쓸고 간 시체만이 나뒹굴고
가을바람이 산으로, 산으로 불어온다
갈잎 바스락임
깡마른 골을 따라
소슬하니 메아리치고
산에서는 죽어야 다시 사는
슬픈 진화가 시작이 되었다

내 손안에

내가 두 손에 꼬오옥 쥐고
죽고 싶은 것은
더할 것도 뺄 것도 없는
당신의 사랑이고 싶다
내 남은 시간은 아직 깨지 않은
새벽을 타고 맺힌 이슬이
차곡차곡 쌓인 옹달샘 되어
그대 눈 뜨는 아침
새벽 맑은 하늘 비치는
정화수이고 싶다
내 빈 손에
채울 것 하나 꼭 있다면
나의 손 가득 채울 수 있는
당신의 손 하나였으면 좋겠다

부쟁이

달맞이꽃

오늘같이 해가 없는 날이면
달도 따라서 뜨지 않는다
달이 뜨지 않은
어두운 밤에도
달맞이꽃은 꽃을 피우고
달을 기다린다
해가 입맞춤하지 않은 달은
끝내 눈뜨지 못하고
불빛을 찾지 못한 나방 한 마리
달맞이꽃 꽃술 위에
날개를 덮는다

당신이 있으니까요

이 세상 사람 모두가
나를 존경한다 하여도
당신이 인정하지 않는다면
부질없는 일이지요
이 세상 모두가
나를 비판한다 하여도
당신 한 사람 나를 신뢰한다면
그 비판 무슨 의미가 있을까요
이제 그 무엇도 나의 이 행복을 막을 수 없어요
당신이 있으니까요
이제 나에게 더 이상의 슬픔은 없어요
당신을 사랑할 수 있으니까요
매일매일은 새롭게 깨어나고
세상은 온통 장미의 향기로 가득할 거예요

부쟁이

제6부

부록

72시간

봄비치고는 제법 굵은 빗줄기가 차창에 부딪힌다
오디오에서 흘러나오는 바흐의 아리오소 첼로 연주에
내가 마치 빗방울 속에 갇힌 듯하다
이제 막 초록이 뿌리에서부터 올라오는 나무들이
미시령 옛길을 깊은 침묵으로 몰아넣고
아직 설익은 봄 향기 꽃내음이 내리는 빗속에 촘촘히 박혀
비릿한 향을 풍기며 차창을 타고 흐른다
비와 무거운 첼로의 선율과 미시령 고갯길의 침묵과
지나온 나의 삶을 실은 차는
굴곡진 고갯길을 잘빠진 성능을 자랑이라도 하듯
정상을 향하여 가볍게 오른다

—속초나 설악산을 찾는 사람들이
미시령 고갯길에 터널이 생겨 속초로 들어가는 길이
약 30분은 줄고 그만큼의 안전은 보장을 받았다지만
미시령 옛길을 넘어 본 사람이라면
내설악과 외설악으로 이어지는 미시령의 빼어난 절경을
감상할 기회를 잃어버린 것에 대하여
안타까운 마음이 아마도 절로 들 것이다

하지만 아직도 미시령 옛길을 고집하는 사람들에게는
한적한 길 위에서 보다 더 여유로운 풍경을 즐길 수 있기에
또 다른 좋은 일이 되었다—

차가 정상에 오르자 비는 잦아들고
는개가 정상을 무겁게 짓누르고
이제는 흉물스럽게 변해 버린 휴게소가
빗속에 위태롭게 자리를 지키고 서 있다
사람이든 사물이든 쓰임이 다하면
아름답게 물러나는 것이 순리이다
하지만 버려지는 것은 슬프고 초라한 일이다

홀로 골방에 버려진 채 곡기마저 끊어져 뱃가죽이 등창에 붙어
겨우 벌어진 입 사이로 들숨 날숨에 의지한
습기 없이 바싹 말라버린 산송장처럼
그렇게 버려진 휴게소는
바람이라도 세차게 부는 날에는 속절없이 무너져 내릴 듯
형상만을 유지하고 서 있다

는개가 내리는 주차장에는 몇 대의 차들이 들어서 있고
속초시 전역과 동해 바다가 한눈에 조망되는
주차장 전망대에서는 몇몇의 관광객들이
동해 쪽을 내려다보고 있지만

부쟁이

안타깝게도 는개로 인하여 만들어진 물안개로
맑은 날에 볼 수 있는 그런 전망은 아니었다
하지만 계곡 사이로 함초롬히 차오르는 물안개 사이사이로
내려다보이는 영랑호와 외설악 주변의 풍경들이
쓰개치마에 가려진 여인의 얼굴을 훔쳐보는 듯
또 다른 감동을 주기에는 부족함이 없었다

지금 내 눈앞에 모락모락 피어오르는 안개가
가마솥에서 간이 잘 맞춰진 간수에 끓고 있는
콩물에서 피어오르는 김같이 느껴지는 것은
아마도 미시령 고갯길 아래 학사평 마을에 있는 두부마을이
아침도 거르고 달려온 나의 배꼽시계를 자극하기 때문이리라
미시령 정상의 풍경을 눈에 담아 두고
늦은 아침을 해결하기 위하여
나는 두부마을을 향하여 차를 몰았다
속초를 찾으면 가끔 들르곤 하는 학사평 두부마을 중에서도
원조라고 알려진 집에 주차를 하고
두부 집에 들어서자 두부와 청국장 비지 내음이 어우러진
구수한 냄새가 식욕을 자극하고
식당 안에는 아직은 이른 점심시간임에도
꽤나 많은 사람이 북적이고 있었다.
나는 자리를 잡고 앉아 순두부 한 그릇을 주문하곤
실소를 짓고 말았다

내가 처한 상황이 어떠하든
배는 고프고 먹어야 한다는 생각에
그것도 맛집이라 소문난 식당을 골라 찾아든
나 스스로의 모습에 실소를 금할 수가 없었나 보다
들어오면서 카운트에다 주문을 하고
자리에 앉아 조금 기다리자
조선족 말씨의 아주머닌지 아가씨인지 분간이 어려운
덩치가 자그마한 여자 분이
나의 식탁 위에 김이 모락모락 피어나는
순두부와 반찬 몇 가지를 차려 주었다
내가 이 집을 찾는 이유인 이 집의 메인인 두부보다
더 맛있는 비지찌개도 함께 나왔다
어지간히 배가 고프던 터라 순두부 한 그릇을 다 비우고
비지찌개와 밥 한 그릇마저 뚝딱 해결하고 나니
부른 배가 나를 눌러 일어서기도 힘이 들었다

속초 초입 울산바위가 눈앞에 펼쳐지는 자리에
콘도와 같이 있는 대명 델피노호텔에 예약을 하여 두었기에
체크인을 하긴 약간 이른 시간이지만
우선 여장을 풀기로 하고 호텔로 향했다
호텔에 도착, 간단히 챙겨 온
여행 가방을 들고 호텔 카운터로 가서
입실이 가능한지 묻자

쑥부쟁이

예약을 확인한 후 어디론가 전화를 해 보더니
마침 방청소가 끝났으니 입실이 가능하다고 카드를 건네주었다

방안에 들어서자
거실 바로 코앞에 골프장 페어웨이가 시원하게 펼쳐져 있고
울산바위를 정점으로 설악의 파노라마가 손만 뻗으면 잡힐 듯
눈에 들어온다
일단 가방을 펼쳐서 대충 정리를 하고 나니 피로가 몰려왔다
샤워를 한 다음 잠깐의 휴식을 취하려 침대에 누웠다

눈을 떠 시계를 보니 약 2시간은 잠이 들었나 보다
비몽사몽간에 거실로 나가 룸서비스에게
커피를 한잔 주문하려고 보니
미니바 위에 커피포트와 1회용 커피가 놓여 있다
커피포트에 물을 올려놓고
화장실을 다녀온 사이 물이 끓고 있었다
커피를 한잔 타서 마시며 거실 창을 여니
비 온 뒤의 싱그러운 풍경과 바람에
몸과 마음이 정화되듯 상쾌하다
결 고운 바람의 깨끗하고 부드러움이
설악에서 내려오는 바람인지
영랑호를 타고 올라오는 해풍인지 알 수는 없지만 분명한 건
내가 평소에 서울에서 마시던 무겁고 끈적이는 바람과는

비교할 수 없는 청량한 바람이었다
몸과 마음이 마치 깃털처럼 가벼워진다
베란다에서 발만 떼면 훨훨 날아오를 것 같다
한참을 그렇게 바람과 풍광명미에
몸과 마음을 맡기고 서 있었다
우선 신흥사를 둘러보고
서울 사람도 알 만한 사람은 다 안다는
카페 베네치아에 들르기로 마음을 정하고
옷을 갈아입고서 호텔을 나섰다

척산온천을 지나 신흥사로 가는 지름길이기도 한 옛길
한적한 고갯길을 넘어서 가는 길을 택했다
가는 길섶을 따라 개나리들이 도열을 하여 노란 초롱등을 밝히고
산비알엔 진달래가 봄불을 지피고 물기를 머금은 새싹들이
청아한 빛으로 온 산을 감싸고 흐른다
아! 희망의 계절이다

고개 정상에 있는 작은 터널을 지나면
삼거리에서 좌측으로 난 길은
양양과 대포항으로 나가는 길이고
우회전을 하면 설악동으로 들어서는 길이다
평일을 택한 여행이기에
설악동으로 들어서는 길은 한산하기만 하다

부쟁이

설악동에 도착해 매표소에서 돈을 지불하고 주차장을 지나
설악호텔 주차장에 차를 주차하기 위해 더 올라 가려고 하니까
주차안내원이 그 호텔은 지금은 영업을 하지 않는다고
나에게 일러주었지만 나는 고맙다는 대답을 남기고
차를 그 호텔 주차장으로 몰았다
그 호텔을 가기 위해서가 아니라
그 호텔이 신흥사 외벽 담장과 접하고 있는
신흥사와 제일 가까운 주차장인 것을 알기에
조금이라도 편하고자 친절한 안내를 무시하고 올라온 것이다

일주문을 들어서자
1994년 10월, 높이 14.6m로 조성한 지 10년 만에 봉안되었다는
세계 최대의 청동 불좌상이
온화한 모습으로 방문객들을 내려다보고 있다
청동 불좌상을 지나 비선교를 건너
신흥사 돌담길 전나무 길을 따라
돌담 사이사이 이끼 파릇 숨 쉬는 사천왕문을 지나
보제루 아래를 통과하니 주불전인 극락보전에서 울리는
스님의 목탁소리가 심장의 박동과 혼연히 하나가 된다

색즉시공 공즉시색이라 하였던가?
색이 공과 다르지 않고 공이 색과 다르지 않으며
색이 곧 공이요 공이 곧 색이라는 법문이다

색은 공으로부터 생기고 공은 색으로부터 나온다는
상반된 개념이 곧 동일체라는 말이다
이 세상에 존재하는 모든 것이 일시적인 현상으로
현재의 시간만이 존재함을 의미하며
또한 눈에 보이는 것이 전부가 아니며 더욱이 그 실체도 없는
공은 집착할 대상도 소유할 대상도 아니라는 뜻으로 알고 있다
해서 눈에 보인다고 하여 그것을 얻으려 할 때 집착할 때에
생기는 어리석음을 경계하라는 이야기일 것이다
궐여한 나의 생각에 쉬운 말로 모든 것이 무상이란 생각이 든다

순간 어느 큰 스님의 말씀이 생각났다
우리가 어디서 왔는지를 물으셨다
참석자들 중에서 당연히 부모님에게서 왔다는 사람이 있었고
개중에 한 사람이 "다리 밑에서 왔습니다" 하여 한바탕 웃었다
그리고 한참 답문이 없자
스님이 말씀하시길 "우리 모두는 마음에서 왔다"고 하셨다
우리 모두는 마음이 만들어낸 허상일 뿐이요
우리가 보는 모든 것도 마음이 만들어낸 허상일 뿐이라는
일체유심조를 이야기하신 듯하다

극락보존 앞에 이르자
극락보존 앞에서 부동의 자세로 심취한 듯
내부를 들여다보고 있는

부쟁이

여인이 나의 눈에 심하게 각인되어 들어왔다
등산복을 입지 않았으니 등산객은 아닌 것 같고
세련미 있는 모습으로 보아 치성을 드리려고 온
근교의 불자도 아닌 성 싶은 혼자 여행을 온 듯한
40대 후반쯤으로 보이는 세련미 있고
단아해 보이는 여인의 모습이
설악의 절경과 선학이 내려앉은 듯 귀품 있고 잘 빠진
극락보전의 내림마루의 우아한 곡선과 어우러져
잘 짜인 한 폭의 그림을 연상케 하였다
자꾸만 눈이 가는 그러한 모습의 여인이었다
쉬이 눈길을 끊을 수 없는 호기심이랄까 관심이랄까
여하간 눈길이 가는 여인과 신흥사를
유서 깊고 수려한 신흥사보다
더 깊은 인상을 준 여인을 뒤로 하고
세심교에서 지난 가을에 떨어진 단풍을 그대로 투영하는
맑은 개울에 마음을 씻고서
아직 저녁은 이른 시간이라 커피나 한잔 하고자
속초 시내에서 고성 가는 길 끝자락에 자리하여
여행객들에게 꽤나 알려졌다는
경치가 수려하기로 소문난 그 카페로 길을 잡았다

이젠 어디를 가나 전망 좋은 곳이라면
카페나 식당이 들어서 있지만

지방자치제가 되기 전에는
난개발 규제와 까다로운 허가 때문에
베네치아 같은 카페가 그렇게 흔치 않았다
그래서 외지 사람들에게 어지간히 유명세를 탔던 곳이었는데
여기도 예외 없이 베네치아 바로 옆에 더 잘 생긴 얼굴로
카페 하나가 들어서 성업 중에 있었다
베네치아는 잘 꾸며진 옆집의 새 건물 탓인지
세월의 흔적인지 관리 부실인지
어딘지 허술하고 조금은 을씨년스런 모습으로
옛 명성을 힘겹게 지키고 있었다
데크에 앉아서 차를 마시기에는
아직은 싹트지 못한 봄바람이 매섭게 불고 있었지만
바닷가 쪽에 난 문을 통하여 안으로 들어서자 훈기가 돌았다
바닷가 창 쪽에 자리를 잡고 앉자
남자 종업원이 다가와 메뉴판을 건네고는
친절하고는 거리가 먼 표정으로 나의 커피주문을 받았다

파도소리가 고스란히 카페 안, 내가 앉은 좌석까지 밀려오고
파도는 바람 따라 날리는 치맛자락 접히듯
작은 주름 큰 주름 번갈아 접었다 폈다를 반복하고
먼 바다 위로 구름이 파도 따라 넘실대며
하늘에 걸렸다 바다에 뒹굴면서
그네를 탄다

부쟁이

파도를 타고 온 평온한 선율은 카페 안을 채우고
난 그 선율에 몸을 맡기고
누리는 평화 속에 덮인다

얼마를 그렇게 앉아 커피와 파도소리에 젖어 있다가
옆자리에 손님이 드는 인기척에 고개를 돌리자
아! 거기에 신흥사에서 보았든 기품 있고 세련미 있던
그 여인이 앉을 자리를 찾고 있었다
난 갑자기 이유도 없이 당황하고 있다고 스스로를 느끼며
심지어는 시선처리에 애를 먹고 있었다
여인은 자리를 잡아 의자를 가벼이 빼고는
베이지색 트렌치코트를 벗어 반대편 의자에 걸치고서
주위를 한 번 둘러본 다음 자리에 앉았다
나의 평온은 그 여인의 등장으로
바위에 부딪힌 파도처럼 산산이 깨어져 버렸다
혼자서 여행하는 중년의 여인이 멋스러워 보이기도 하였고
여행의 목적이 궁금하기도 하였다
설마하니 나와 같은 목적의 여행은 아니겠지만…
여인에게서 봄날의 정취를 느끼기보다는
갑자기 가을의 고즈넉한 정취가 느껴진다는 생각이 들었다

혹여라도 나의 관심이 들통 날세라
무심히 창밖 풍경에 젖어 있는 양

그렇게 한참을 앉아서 곁눈질로 그녀를 살피며 그 여인에게
'혼자만의 여행이라면 나도 혼자 여행을 왔으니
실례가 되지 않는다면 저녁이라도 같이 하면 어떠시냐?' 고
물어보고 싶은 마음이 간절하였지만 용기도 나지 않고
이상한 사람 취급을 당할까 염려도 되고 해서
시간만 흘려보내고 있는데
오랫동안 미동도 없이 창밖 풍경을 응시하던 여인이
웨이터를 부르더니
'콜택시를 불러줄 수 있느냐' 고 묻고 있었다
나도 일어날 시간이 지났음에도
그 여인 때문에 일어나지 않고 있던 터라
'밑져야 본전이라' 는 간절한 마음에
용기를 내어 그녀에게로 갔다
"저~ 혹시 시내로 나가시나요?"
불쑥 나타난 나의 물음에
그녀는 당황한 듯 웨이터와 나를 번갈아 쳐다본다
"아, 네 그런데요?"
무슨 일인지 파악이 잘 되지 않는다는 눈빛으로 대답을 하였다
"저도 막 일어서는 참인데 본의 아니게 듣게 되었습니다. 저도
그쪽으로 나가는 길이니 괜찮으시다면 태워 드리겠습니다."
막상 말은 하였지만 멋쩍기도 하고
정말 이상한 사람 취급당할 것 같기도 하고…
어색한 모습으로 대답을 기다리고 있는데

부쟁이

그녀의 눈빛이 나를 스캔하듯이 전신을 훑고 지나가고
잠깐 망설이는 듯하더니 여인은 일어서면서
고맙다는 짧은 인사와 함께 카운터 쪽으로 향했다
정중한 거절의 인사인지
같이 타고 갈 수 있어 고맙다는 이야긴지 몰라서
나는 어쭙잖게 그 자리에 서 있었고
계산을 치른 그녀가 안 나오느냐는 듯한 눈빛으로
나를 돌아보고서야
나는 후다닥 카운터로 가서 계산을 하고
그녀를 주차장 내 차 쪽으로 안내하였다

어색한 침묵이 차 안을 가득 메울 때쯤
차는 소리 없이 시내에 진입하고 있었다
이지적이고 단아한 모습의 그녀에게서 다시금
봄의 모습보다는 가을을 많이 닮은 여인 같다고 생각하였다
단순하게 파릇한 봄바람보다는
잘 익고 컬러풀한 가을바람 같은…
희다 못해 청옥 같은 얼굴에
만년설이 녹아 담긴 듯한 눈동자는
죽어가는 것도 여인의 눈에 담으면 살아 유영할 듯
마치 내 마음이 송두리째 비쳐질 것처럼 맑고 깊었다
"어디쯤에서 내리시게 되나요?"
줄곧 차창 밖만 응시하던 그녀가

비스듬히 나를 바라보며 답한다
"아, 네…, 대명 델피노호텔에 가는데…,
택시를 탈 만한 곳에 내려주세요."
내가 숙소로 정한 바로 그 호텔이었다
그녀에게 수작을 걸 꺼리가 생긴 격이다
"저하고 같은 호텔을 숙소로 정하셨군요? 괜찮으시다면
저하고 같이 저녁 드시고 들어가실래요?"
순간 그녀가 나를 빤히 쳐다보면서
알듯 모를 듯한 미소를 지으며
잠시 망설이다가 되묻는다
"그래요, 어디 잘 아시는 맛집이라도 있나요?"
나는 차를 마신 후 외옹치항에 들러
소주라도 한잔 하고 들어갈 요량이었기에
딱히 생각나는 곳도 없고 해서 생각나는 대로 답했다
"이쪽 동해 북쪽으로는 가자미가 유명한데 좋아는 하시는
지…?"
"네, 좋아해요."
그녀가 조금은 나와의 거리가
좁혀진 듯한 표정으로 동의를 한다
"그럼 그리로 모시겠습니다."

우리는 속초 시내에서 낙산사 방향 끝머리에 있는
대포항에 도착하여

부쟁이

식당들이 즐비하게 늘어서 있는 식당가를 지나
건어물 가게가 들어선 새로 난 길을 따라
외옹치항에 도착하였다
—이전에는 대포항에서 외옹치항으로 이어지는 길이 없었고
외옹치항을 가기 위해서는 대포항을 가기 1km 전쯤에서
좌회전을 하여 들어가는 소로 길을 택하여야만 했다—
샌드위치 판넬로 지어진 두 동의 횟집이
1호집 2호집 3호집 하는
순으로 간판을 달고 일렬로 늘어서 있었고
포구에는 작업을 나가지 않은 몇 척의 작은 어선들이
여유롭게 자리를 지키고 있었다
일렬로 늘어선 두 동의 횟집 건물 중에서
B동 앞에 주차를 하자
몇몇의 식당 아주머니들이
문 앞에 나와 있다가 간곡한 눈빛으로
(아마도 호객 행위를 하지 않기로 약속이 되어 있는 듯하였다)
보일 듯 말 듯한 몸짓으로
자기네 가게로의 입장을 권하고들 있었다
다들 그러하겠지만 이럴 땐 참 곤란하고
괜히 난처해지기 일쑤다
우리는 특별히 아는 집이 있는 것도 아니어서
내가 주차한 제일 가까운 집으로 들어갔다

126

입구 쪽에 자리를 잡고 가자미무침을 주문하였다
작은 가게에다 아직은 성수기가 아니어서인지
아주머니 한 분만이 식당을 운영하고 계셨다
손님이라곤 우리 둘뿐이었고
아주머니는 물과 밑반찬을 우리 식탁에 가져다 준 후
주문한 가자미무침을 만드느라 분주히 손을 놀렸고
그녀와 난 어색함을 이기지 못한 채 아주머니와 바깥 풍경을
번갈아 바라보며 식탁에 놓인 물만 홀짝이고 있었다
아주머니가 잰걸음으로 가자미무침을 들고 와
식탁 위에 올려놓자
그제서야 우린 서로를 바라보며
멋쩍은 웃음과 함께 자세를 고쳐 앉았다
"술 한잔하시겠습니까?"
"네, 그러죠."
"무슨 술로…?"
"선생님 좋아하시는 것으로 시켜 보세요."
"소주 괜찮으시겠습니까?"
"네, 좋아요."
몇 마디의 대화만으로도 조신하게만 보이던 그녀에게서
순간 명쾌하고 발랄함도 엿볼 수 있었다
난 아주머니를 불러 소주 한 병을 시켰다
"가자미는 회도 좋지만 역시 무침이 제일인 거 같아요. 한 번
드셔 보세요."

부쟁이

난 잔을 들어 술을 청하였다
그렇게 술이 한두 잔 들어갔음에도 어색한 정적이 흐르자
식당 아주머니도 우리의 모습이 어색하고 불편해 보였는지
호기심어린 곁눈질을 연신 보내고 있었다
갑자기 내가 한심하다는 생각이 들었다
모든 것을 정리하고자 떠나온 여행길에서
낯선 여인에게 빠져 관심을 가지고 접근하고 있다는 것이…

누구나 그러하겠지만
매일매일 반복되는 일상에서 오는
무료함이나 공허함은 물론
거창하게 삶의 가치나 존재의 이유를 떠나서
삶에 혐오감마저 드는 날이 점점 잦아지기 시작하고부터는
입구도 출구도 없는 공간 속에서
마치 어항 속에 갇힌 붕어처럼
전진도 후진도 없이 똑같은 일상을 맴돌고 있는 나의 모습은
숨을 쉬기조차 힘들어지는 나날 속에서
그저 가라앉지 않으려는 힘든 유영의 연속이었다
우리가 한평생이라고 말하는 수많은 날들이
어제와 오늘 그리고 내일이라며
편의를 위하여 정해 놓은 것 외에
똑같은 반복의 연속이 아니던가
차이라 한들 기분에 따라

어떤 날은 만유인력의 법칙을 무시한 채
삶이 새털처럼 가볍고
어떤 날은 샤갈의 캔버스에 담긴 시지프스처럼
돌덩이에 깔린 무게로 산다는 것 빼고는 그날이 그날이었다

인생이 무상無償하기도 하지만
본질적으로 무상無相한 게 아닐까?
지금 내 귀에 들려오는
빛이 쓸어가고 남은 묵직한 파도소리와
내 눈에 보이는
저 한낮을 태우고 남은 잔불의 노을도 모두가 허상일까?
내가 잠시 생각에 잠겨 있자
그녀가 궁금하다는 표정으로 물어온다
"무슨 생각을 그렇게 골똘히 하세요?"
"아! 아니에요, 그냥 잠시 노을을 보고 있었습니다."
그녀의 눈빛은 사람을 앞에 앉혀놓고
딴 생각을 하는 거 아니냐는 핀잔의 소리로 들렸다
나는 미안한 마음에 대뜸 술잔을 들어 건배를 청하였다

우린 일면부지의 관계로
이렇게 자리를 하고 있음에도 불구하고
서로에 대한 궁금함이나 관심사항이 없는 모양으로
그렇게 상대에 대하여 아무것도

부쟁이

묻지도 또 물을 의향도 없이 술잔을 기울이고 있었다

그렇게 마신 술이 두 병을 넘기고서야 그녀가 물어 왔다

"저… 어떻게 호칭을 하여야 할지 몰라서… 선생님의 성씨만
이라도 말씀해 주시면 안 될까요?"

"아, 예, 그랬군요! 홍연호라고 합니다."

"아… 그러세요, 저는 경미라고 합니다, 최경미."

만나고 두어 시간이 지나고서야

우린 통성명을 하게 된 것이다

통성명이 끝나고 그녀와 나는 멋쩍은 웃음을 술잔에 채우고

누가 먼저랄 것도 없이 술잔을 한 잔씩 더 비웠다

이 어색한 분위기를 깨기 위해선

아재 개그라도 해야 할 것만 같았다

"속초는 처음이세요?"

정말로 무의미한 질문인 줄 뻔히 알면서도

그냥 아무 말이라도 이어가야만 할 것 같아

내가 던진 질문이었다

"아니요, 처음은 아니고 두세 번 온 거 같아요."

"특별히 좋아하는 이유라도 있으신가요?"

"산과 바다를 한꺼번에 즐길 수 있어서 좋아요, 설악산도 다
른 산들보다 깊이가 있고 바다도 웬지 동해바다가 더 웅장하
고 깊어 보이지 않나요? 다른 산과 바다를 찾을 때보다 설악
산과 속초 바다에 서면 내가 보통 때보다 정신이 더욱 맑아지
는 거 같고…."

130

"그러시군요."

"정신뿐만 아니라 몸뚱이까지도, 내 몸과 정신 속에 덕지덕
지 끼어 있던 더러운 것들이 일시에 다 떨어져 나가는 기분이
라고 할까요, 간단히 말해서 순수해지는 것을 스스로 느낄 수
있어서 좋아요."

"음….".

그녀의 이야기를 듣자니 내 질문에 내가 답을 하는 듯한 착각
에 빠진다

"연호 씨는 속초에 자주 오시나 봐요?"

"네, 한때는 자주 왔었지요."

나 또한 속초에 오면 내 모든 것이 깨끗해지고

온전히 나 자신의 모습을 볼 수 있는 시간들이 좋아

틈이 나는 대로 속초를 찾곤 하였다

식당 밖의 풍경들은 이제 완전히 어둠 속에 묻히고

밤이 깊어질수록 우리의 어색함은 조금씩 옅어지고 있었다

우린 간단한 해산물을 더 시켰고

어느새 소주를 4병이나 마셨다

그리고 어느 틈에 밤이 꽤나 깊었다

"지금 대리 기사를 부를까요, 아니면 산책을 조금 하다가 들
어갈까요?"

"바람 좀 쏘이고 조금 걷다가 들어가죠."

그렇게 대답을 한 그녀는

곧장 식당 주인아주머니 쪽으로 갔다

계산을 하기 위하여 가는 것임이 분명하였지만

나는 식당 안에서 서로가 계산을 하겠다고

부산을 떠는 모습이 창피할 것도 같고 하여 보고만 있었다

예상대로 그녀가 식대를 지불하고

웃으며 다시 자리로 돌아왔다

"아니, 제가 사야 하는데 그러시면…"

"괜찮아요. 선생님께서 차도 태워 주시고 또 이렇게 저녁 식
사자리까지 마련하여 주셨으니 당연히 계산은 제가 해야지
요."

"그래요, 그럼 내일은 제가 더 맛있는 것 사겠습니다, 나가실
까요?"

고맙다는 인사를 한다는 게

나도 모르게 동의 없는 약속을 하였다

해변으로 나온 우리는

마치 처음부터 같이 여행을 온 연인들처럼

나란히 백사장에 발자국을 찍고 있었다

멀리서 파(도)의 한 마루와 다음 마루가 하얀 포말을 경계로

파장을 일으키며 해변으로 밀려와

백사장에 에어로졸을 퍼붓는다

우리가 커피를 마셨던

그 카페에서의 바다와 파도와는 또 달랐다

시원한 바람과 파도의 장단

청량한 바람에 실려 오는 에어로졸이
우리의 몸과 마음을 정화시키고
우린 그렇게 아무 말 없이
구도자의 걸음걸음으로 한참을 걸었다
굳이 어쭙잖은 대화는 서로에게 필요치 않았다
그렇게 둘이서는 외항치 앞 작은 백사장 달빛 고운 모랫길을
왕복하고서야 주차장으로 돌아왔다
주차장에는 미리 불러놓은 대리 기사가 기다리고 있었다

델피노호텔까지 오는 동안 우리는 이렇다 할 말이 없었다
주차를 하고 호텔 로비에 들어서자 그녀가 인사를 건넸다
"안녕히 주무세요."
"네, 안녕히 주무세요."
우린 인사를 나누며 엘리베이터를 향하여 걸어갔다
엘리베이터가 도착하고
그녀가 먼저 탑승한 후 4층 버튼을 눌렀다
나도 4층이어서 그냥 가만히 서 있자
그녀가 힐끔 나를 쳐다본다
"아, 저도 4층입니다."
그녀가 고개를 숙이더니 살짝 웃는 모습이다
엘리베이터에서 내려 우린 목례로 인사를 나눈 후
각자의 방을 향하였다

나는 엘리베이터에서 가까운 방이었고

부쟁이

그녀는 더 안쪽을 향하여 걸어갔다

간단히 샤워를 하고 자리에 누웠다
채우는 것보다 어려운 게 비우는 것이라 하지 않았던가
모든 것을 내려놓는다고 생각하며 온 여행이어서인지
참으로 편안한 밤이다
입춘 지난 후 우수 즈음에 소의 어깨에 올려진 멍에
가을걷이가 끝난 뒤
비로소 어깨에서 멍에를 내려놓는 소의 기분이
이렇게 편안하고 여유롭지 않을까 싶다

그동안 살아온 삶을 되짚어 보면
동물들과 별반 다를 게 없는 듯싶다
무언가 지키기에 급급했고 채우기에 정신이 없었다
학교에 들어가서는 학문을 쌓고 인성을 형성하기보단
성적을 지키고 좋은 학교 진학을 위하여 인성은 뒷전이고
입시에 필요한 문제만을 풀고 답을 채우기 위하여
교우관계는 좋은 벗이 아니라 넘어야 할 각축의 대상이었다

직장에서는 서로의 입장이 같음과 다름 친밀을 떠나서
동료들이기보다는 내 자리를 지키기 위한
경쟁의 대상일 뿐이었고
회사일이라면 밤낮을 가리지 않았고

134

휴일은 남들에게나 해당하는 날이었다
대리 과장 부장 진급은 항상 남들보다 빨랐다
하지만 존경이나 동경의 대상은 아니었고
질시의 대상일 뿐이었다
생활의 패턴은 학교나 직장이나 별반 차이가 없었고
나를 돌아본다거나 삶의 질을 논하는 것은 사치에 불과했으며
또한 그럴 여유도 없었다

언젠가부터 잠자리에서 꿈을 꾸는 것만이
나의 유일한 행복이 되었다
아무에게도 흔들리지 않고 방해받지 않는 온전한 행복
아침 해가 창을 밟고 지붕 꼭대기에 올라설 때까지
이불 속에서 발가락만 꼼지락거리며 꿈을 청하곤 하였다
굳게 닫힌 커튼을 열어본 기억이 가물가물하기만 하다
치열한 삶의 파편들이 남긴 상흔은 쉽사리 아물지 않았고
머리에서부터 시작해 가슴까지 곪아가고 있었다
무엇이 잘못 되고 어디부터인지도 알 수 없는 혼돈의 시간들이
일상으로 들어온 이후론 우울증에 시달리기 시작했다
희망이 없는 미래와 떨치지 못하는 과거가
동시에 나를 옥죄이고 있었다
어느 날부터인지 페시미즘적 사고가 나를 지배하기 시작했다

옛 이야기들을 기억한다는 것은

부쟁이

지난 것들을 잊지 못한다는 것은 참으로 가슴 아픈 일이다
추억이나 회상 따위와는 무관한 동물들이
그래서 어쩌면 인간보다
행복 지표에서만은 상위일지도 모른다

텔레비전 소리에 잠을 깼다
집에서 잠들기 전에 타이머를 맞춘 텔레비전을 켜놓아야만
잠이 들 수 있는 버릇 때문에 켜놓고 잠든 텔레비전이
모닝콜 역할을 한 것이다
자리에서 일어나 창문을 열자
여명을 따라 사분히 흐르는 안개를 뚫고
솟아오르는 울산바위의 장대한 경관과
호텔 창 아래 골프장에서 불어오는 새콤한 연녹색 향기가
폐부 깊숙이 들어와 정맥을 타고 돌아 몸을 깨운다

간단히 샤워를 하고 아침을 먹기 위하여 로비로 내려갔다
간단한 뷔페식 아침이 마련되어 있었고
전망이 좋은 창가 쪽으로는 벌써 몇몇의 사람들이 자리를 잡고
식사를 하고 있었다
나도 시리얼과 우유 그리고 반숙 두 개를 골라 들고
앉을자리를 살피고 있는데
저만치서 경미 씨가 나를 보고 웃고 있다
그녀가 있는 곳으로 갔다

"안녕히 주무셨어요?"
"안녕히 주무셨어요?"
누가 먼저랄 것도 없이 인사를 나누고 그녀의 앞에 앉았다
"맛있게 드세요."
내가 웃으며 인사말을 건네자
"네, 맛있게 드세요. 잘 주무셨어요? 연호 씨!"
그녀가 나의 이름을 기억하고 있었다
"아! 네, 아주 달콤하게 잘 잤습니다."
"자, 드시죠!"
그녀는 내가 자리를 잡기까지
식사를 하다 말고 기다리고 있었다
커피와 토스트 한 장과 야채샐러드가
그녀 앞에 조금 놓여있었다
우린 아직까지도 서먹한 간격을 유지하고 있었다
한 자리에서 같이 식사를 하는 게
누가 보아도 불편하게 보이는 아침이었다
어제 저녁 술자리에서는 느끼지 못한 불편함이었다
"서울엔 언제 가시나요?"
식사가 거의 끝날 즈음에 내가 그녀에게 물었다
"글쎄요…. 하루 정도 더 있다가요."
"네, 그러시군요!"
"혹, 오늘 별다른 스케줄이 있습니까?"
나의 질문에 그녀가 장난기어린 눈으로 나를 빤히 바라본다

부쟁이

"연호 씨한테 무슨 좋은 스케줄이 있어요?"
"아, 네… 그… 저….'
내가 버벅거리자
그녀가 재미있다는 듯 나를 바라보며 말한다
"연호 씨가 좋은 곳 있으면 안내 좀 해 주세요."
나 또한 별달리 생각해 둔 스케줄이 없었기에
일단 방에 올라가서 생각할 요량으로
1시간 후에 로비에서 만나기로 하고 각자의 방으로 향했다

방으로 올라오자 또다시 혼란스럽기 시작했다
내가 여기로 여행을 온 목적은 이런 것이 아니었기 때문이다
하지만 이 또한 내가 가고자 하는
여정의 일부라는 생각도 들었다
내가 그녀에게서 그녀 또한 나에게서 무엇을 기대하거나
목적이 있거나 계획된 것이 아니라
흐르는 구름에 묻히는 바람 같은
형체는 있으나 그 형체에 닿을 때는
형체는 사라지고 바람만 남듯
그리고 바람이 지난 그 자리엔 그대로 구름이 흐르듯
그러한 관계가 그녀와 나와의 지금 만남이라는 생각이 들자
마음이 그대로 정리가 되었다

여기서 영화관이나 미술관 또는 공연을

보러 갈 수 있는 것도 아니고
가자고 할 수도 없고 바다 아니면 산이니
낙산사로 해서 하조대를 둘러보는 것을 염두에 두고
로비로 내려갔다
한 10분쯤 기다리자 그녀가 내려온다
천박하지 않은 화려함이
다른 이들의 눈길을 사로잡기에 충분했다
40대(내가 막연히 짐작하는)가 많이 가질 수 있는
모자람도 넘침도 아닌 아름다움이었다
그녀가 나에게 걸어오는 동안
사람들이 그녀를 향하여 보내는 눈빛을
이해할 만한 그런 공감의 아름다움이다
"어디 갈 데는 정하셨나요?"
궁금하다는 듯 그녀가 물어 왔다
"네, 하조대로 갈까 합니다."
"아! 하조대 네, 가요, 하조대!"
그녀가 나쁘지 않다는 표정으로 대답하였다

하조대를 한 번 거친 이는 저절로 딴 사람이 되고
10년이 지나도 그 얼굴에 산수자연의 기상이 서려 있게 된다고
문헌에 기록될 정도로 경치가 수려하기로 소문난 곳이다
하조대를 향하여 차를 몰았다
호텔에서 출발하여 대포항 낙산 양양 읍내를 지나

부쟁이

하조대까지 약 40분이 걸렸다

하조대에는 이렇다 할 주차시설이 없어서 입구

길 가장자리에 차를 주차시켜 놓고 십여 미터를 내려가자

우측으론 하조대 좌측으론 등대로 가는 갈림길이 나왔다

먼저 하조대로 길을 잡았다

봄날의 바닷가 그것도 평일이어서인지 고즈넉하니

파도소리와 솔잎 사이로 불어오는 솔바람소리만이 들리는

해송길을 따라 하조대로 올라갔다

평화롭고 기분 좋은 산책이다

"마테를링크의 동화 파랑새가 생각나네요, 우리들은 가까이
에 있는 소중한 것들에 대하여 무심하곤 하지요. 멀리만 보는
습관 때문인지 본질적으로 타고난 남의 것에 대한 막연한 동
경심 때문인지…. 그러다가 깨달을 때면 후회라는 단어만 덩
그러니 남게 되지요."

그녀가 우리들이 보고 있는

빼어난 경치를 보고 하는 이야기인지

인생에 관한 이야기인지 모를 소리를 혼잣말처럼 하였다

나는 어느 쪽이냐고 묻고 싶었지만 묻지 않았다

물음은 그 말의 뜻이 궁금해서가 아니라

그녀에 대한 호기심이란 것을 알기 때문이다

상쾌한 봄날의 훈풍이 바다에 업혀서 불어오고 있었다

기분과 풍경에 취한 내가 그녀를 보고 웃자
그녀도 나와 같은 기분이 느껴지는 웃음을 웃고 있었다
햇살은 따사롭고 바람은 부드러웠다
그녀의 눈빛과 웃음처럼…
'그녀는 지금 무슨 생각을 하면서 걷고 있을까?'
또다시 쓸데없는 궁금함이 나 스스로를 실망시킨다
지금 보고 있는 그녀가 그녀의 전부이다
적어도 나에겐 그리고 이 시간은
우리는 살면서 과거의 굴레와
오지 않은 미래에 대한 선제적 오류에
정작 삶의 전부일지 모를 오늘을
간과하고 살고 있지 않았던가?
난 머리를 흔들어 쓸데없는 생각을 자책하며
그녀와 보조를 맞추어 걸었다
그녀가 나의 생각을 알아채기라도 한 듯 물었다
"무슨 생각을 하세요?"
"아, 아니요. 그냥… 하하. 햇살과 바람 그리고 바다, 이 조화
로움에 경미 씨까지 더해 풍경의 하나로 흐르고 있다는 생각
을 하였습니다."
나도 모르게 엉뚱한 말을 하고 말았다
아니 그렇게 생각하고 있었는지도 모르겠다
분명한 것은 지금 내 앞에 보이는
이 벅차도록 아름다운 풍경과

141

부쟁이

그녀가 하나로 감동을 준다는 것이다
"그 말 믿어도 되나요?"
그녀가 샐쭉이 웃으며 나를 바라본다
"그럼요. 사람이 이렇게 아름다운 풍경의 일부가 될 수도 있구나 하는 생각을 하였습니다, 정말입니다."
"푸… 후…. 고맙습니다, 연호 씨!"
그녀가 웃음 가득한 얼굴로 화답을 하곤
사분사분 내 앞길을 잡았다

하조대 정자에 도착을 하자
벼랑 끝에 세워진 정자 앞 해송의 나뭇가지 사이로 펼쳐진
동해 바다와 좌우로 이어지는 기암괴석이 가히 장관을 이루고
바위에 부딪히는 파도의 포말이
나의 가슴에까지 치밀어 올라탄다
우리 둘의 입에서 동시에 "아!" 하고 감탄사가 터져 나왔다
바다야 늘상 우리 모두가 동경하는 대상이지만
또 다른 차원의 바다요 풍경이다
우린 그렇게 한참을 넋을 놓고 바다를 바라보았다

넘실대는 파도 사이로 어릴 적 기억들이
시나브로 되살아나 나를 깨운다
지금도 무슨 생각에서 그랬는지는 알 수 없지만
아마도 초등학교 6학년 어느 여름 한낮에

감히 초등학생이 삶이 그저 막연하고 슬프다는 생각에 빠져
어머니가 불면증으로 복용하시던 수면제를 먹고는
가족들과 이제 이별을 한다는 생각으로 하염없이 울고 있다가
동네 형들이 천렵을 가자고 데리러 와서는
내가 좀 전까지 무엇을 하고 있었는지도 잊어버리고
형들을 따라 나섰다가 졸음을 이기지 못하고 개울에 처박혀서
형들에게 업혀 들어오고 난리가 난 적이 있었다
그때도 지금도 식구들은 내가 수면제를 먹었는지 모르고 있다

그것이 한 번이 아니고 두 번이다
또 한 번은 중학교 3학년 때이다
그때도 나름 삶에 대한 깊은 회의에 사로잡혀 있었다
그 또래의 아이들이 한 번쯤은 겪는 홍역 같은 일인지
내가 유별났는지는 모르겠지만…
그 당시 제초제로 유명한 파라치온이라는 농약이 있었다
우리 집은 공무원 집안이었기 때문에 농약에 대해서는
아는 것이 전무하였지만 파라치온만은 알고 있었다
당시에 시내에 있는 선술집에서
참새나 노고지리를 잡아다 주면
학생에게는 꽤나 큰 금액을 쳐주었다
잡는 방법 또한 간단하였다
볍씨에 파라치온을 버무려 산비알이나 논두렁 밭두렁에
뿌려 놓았다가 아침에 죽은 새를 거둬 오면 되는 일이었다

143

부쟁이

나중에는 새의 내장뿐만 아니라 고기에까지
제조체가 침투한다는 사실을 알게 되어
선술집에서 매수를 하지 않아 팔지를 못하였다
참으로 무지한 시절이었다
해서 파라치온이라는 제초제는 잘 알고 있었고
옆집 친구네가 과수원집이라 그때 친구에게 얻어 두었던
파라치온이 우리 집 창고에 조금 남아 있었다
어느 날 밤에 또 다시 생과의 작별을 고하고자
그 제초제를 가스명수 빈병에 옮겨 담고 잠자리에 들었다
그때도 뭔지 모를 회한과 슬픔에 밤새도록 누워서 울었다
그런데 웃지 못할 일은 아침에 벌어졌다
그렇게 밤새 울다가 마시지도 못하고 깜빡 잠이 들었는데
마시려고 팬티 속에 넣어 두었던 제초제가
(가스명수 병에 옮겨 담으며 묻었던 제초제가)
팬티와 사타구니만 파랗게 태워 먹고
나는 살아 있었다는 것이다

어쩌면 죽음은 늘 그렇게 내 곁에 있었는지도 모르겠다
종교에서는 자살을 죄악시 취급하지만
우리 모두는 스스로의 선택이나 의지에 의하여 태어나지도
스스로의 선택이나 의지에 의하여 생을 마감하지도 못한다
참으로 안타깝고 억울한 일이 아닐 수가 없다
태어남이야 그렇다손 치더라도

마감만은 스스로의 선택에 의함이 정당하고
또 당연시하여야 할 일이라고 나는 생각한다
설령 생의 마감을 스스로 결정할 수 있음을 당연시하며
그것이 떳떳한 일이라고 종교와 국가가 장려를 한들
과연 얼마의 사람들이 자기 스스로의 인생을
자기 손으로 마감할 수 있을까?
오늘을 살아야 할 의미와 가치를 상실하고
꿈도 희망도 없이 그냥저냥 어제의 오늘이 또 내일이
그렇게 반복되는 일상이 이루어지고
왜 사는지에 대한 의문이 반복되고 해답을 찾지 못한 채
목숨은 소중하다는
이유 같지 않은 이유 하나로 살아야만 할까?

작금의 가장 큰 화두는
오존과 탄소 배출에 의한 지구 온난화의 문제도
황폐화 되어가는 도덕적 상실의 교육도
종교적 이기利器도 각계각층의 집단적 이기적 발상도
악취 풀풀 풍기는 위정자들의 잘못된 처신도 아닌
잘 먹고 오래 살자는 것이다
텔레비전을 틀어 보면 아침 방송부터 저녁 방송까지
먹는 이야기로 시작해서 건강 이야기로 끝을 맺는다
이러다간 아마 전국 대다수의 식당이
맛집으로 매스컴을 탈 것이다

뚝
부쟁이

텔레비전에 한 번 나왔다 하면 그 집은 문전성시를 이루고
건강에 좋다는 이야기가 매스컴이라도 타는 날에는
구더기도 멸종을 맞을 판이다
어떻게 사는가보다는 얼마나 오래 잘 먹고 사느냐에
정신이 팔려 있는 것이 아닌가?
이러한 판국에 얼마의 사람이 자기 의지에 의하여
스스로의 인생을 끝맺음에 결정 지울 수 있을까?

"우리 등대 쪽으로 가볼까요?"
그녀가 멀리 등대 쪽을 향하여
눈을 두고 내 의향을 묻는 소리에
그 웃지 못할 옛 생각에서 빠져 나왔다
"그래요, 그쪽으로 가봅시다"
유장한 세월의 흐름이 만들어 놓은
기암괴석이 해안을 따라 펼쳐지고
그 끝자락에 서 있는 하얀 등대가 해안 풍경에 정점을 찍는다
하조대에서 등대 방향으로 내려오는 길이
약간은 비탈지고 소로여서
자연스럽게 그녀가 나의 팔을 잡고 내려왔다
아마도 그녀가 나에게 보내는 친근함의 표시인 듯하였다
등대에 도착하였을 즈음에는 우린 여느 연인들처럼
가볍게 깍지 낀 채 손을 잡고 걷고 있었다
등대 가까이에 오자 제법 차가운 바람이 정면으로 불어온다

146

하지만 깍지 낀 그녀의 따뜻한 손이 있어
바람은 부드럽게 내 몸을 스치고 지나간다
등대 앞에 끝없이 펼쳐진 바다가
수평선을 따라 하늘로 흐르고
하늘은 바다로 떨어져 파도를 탄다
아! 거칠 것 없는 자유와 평화가 온몸을 적신다
"연호 씨, 고마워요."
그녀가 뜬금없이 나에게 감사의 말을 하였다
"네? 뭐가요?"
"이렇게 좋은 곳에서 좋은 기분을 안겨 주셔서요."
"아, 네에…."
그녀의 얼굴을 바라보았다
그녀의 눈동자 속엔 고혹한 봄바람이 불고
잔잔하게 부서지는 햇살이 눈부셨다
새콤한 봄꽃 향기가 그녀의 몸에서 배어 나왔다
그녀의 얼굴에선 정말로 행복이 묻어나고 있었다
그녀를 바라보던 내가 피식 웃자
그녀가 냉큼 팔짱을 끼며 나에게 바싹 다가와
얼굴을 턱밑에까지 들이밀며 묻는다
"이제 커피나 한잔 할까요?"
"그… 그럽시다."
분명히 내 목소리는 떨리고 있었다
잃어버리고 지냈던 달콤한 흥분의 떨림이었다

부쟁이

그녀는 분명 세련된 풍모를 갖춘
정숙하고 성숙한 중년의 연인이다
하지만 그녀에게선 4월의 풀숲에서 불어오는
여린 새싹 풀잎 내음이 난다
그녀가 나의 왼팔에 매달려 걷고 있다는 것만으로도
감출 수 없는 행복이었다
이 여자가 누구이며 만난 시간이 얼마인지는 문제가 되지도
또 그러한 문제로 이 행복을 방해받고 싶지도 않았다

등대를 되돌아 나오면
하조대와 등대 중간쯤 벼랑과 벼랑 사이로
동해가 바라보이고 바닷물이
들며나는 계곡과 계곡이 마주보는 곳에
너와지붕을 얹은 나지막한 작은 카페가 있다
어찌 이런 곳에 사유지가 있을 수 있는지 놀랄 일이다
카페 창가에 자리를 잡고 앉았다
파도소리가 작은 계곡을 타고 올라와
너와집 카페 유리창에 부딪혔다가 바다로 밀려가고
한숨을 돌렸다간 다시 올라왔다가 사라지기를 반복한다
찻잔을 앞에 놓고
우린 커피의 향을 따라 커피를 한 모금씩 마시며
창 너머의 춤추는 풍경과 이 시간이 주는 안락함에 젖어
잠시 말을 잊고 얼마의 시간을 즐겼다

그녀를 바라보다 새삼
참으로 아름답고 사랑스러운 여인이라는 생각이 들었다
잔설이 가시지 않은 봄날
별 좋은 양지 녘에서 쬐이든 햇살 같은 여자다
지금의 나에게는 그녀와 함께하고 있는 것 이외에는
그 어떤 생각도 존재하지 않는다

시간이 정오를 넘어서고 있었다
지금부터는 하루의 시작에서
하루의 마무리로 넘어가는 분기점이다
우리로선 많은 시간이 지나고 짧은 시간이 남은 셈이다
여유롭고 행복하기만 하던 시간이
왠지 모를 조급함으로 밀려왔다
"배고프지 않으세요?"
"네, 아직은… 연호 씨, 배고프세요?"
"아, 네, 저도 아직은…."
"하지만, 먹긴 먹어야 하니까, 뭐가 좋을까요?"
그녀가 잠시 생각하는 듯하다가
"연호 씨, 막국수 좋아하시나요? 여기 어디 유명한 막국수집
이 있다고 하던데…."
"네, 좋아합니다, 양양공항 근처에 있는 집을 이야기하시나
보네요."
나도 두어 번 가본 집이었다

부쟁이

가게 벽면에 온통 유명인들의 사인이
도배를 하고 있는 집이었다
벽에 붙어있는 사인지에 비하면
그렇게 맛이 있다고는 느끼지 못한 국수집이었다
"그러면 점심은 거기서 먹고 낙산으로 넘어갑시다."
"그럼 지금 일어날까요?"
"아, 아니, 아직 배가 고프지 않다면 조금 더 있다가 일어나시
죠."
그녀가 몸을 움츠리고 반쯤 일어서려다 말고
다시 앉으며 배시시 웃는다
창에 반사되어 들어오는 햇살과
그녀의 얼굴이 하나가 되어 눈이 부셨다
카페의 오랜 세월이 묻어나는 스피커에서
에디트 피아프의 'Non, je ne Regrette Rien' 이
흘러나오고 있었다
내 친구의 이야기가 생각났다
실연을 당하니까 이 세상에 존재하는 모든 가요의 가사가
자기를 위한 노래가사 같더라던…
지금 흐르고 있는 피아프의 노래가
마치 나를 위하여 준비된 곡처럼 그렇게 들렸다
피아프의 노래가 끝나자마자

나의 기분을 그녀에게 들킬 것만 같아 자리에서 일어섰다
"나갈까요?"

내가 갑자기 일어서자
뭔 일이냐는 듯 그녀가 눈을 동그랗게 뜨더니
나를 쳐다보며 따라서 일어선다
삐걱거리는 소리가 결코 싫지만은 않은 낡은 나무계단을
쫓기듯 내려와 주차장으로 갔다
"금강산도 식후경이라 때가 되었으니 일단 점심은 먹고 봅시
다."
"푸후, 그래요. 일단은 먹고 이단으로 갈까요?"
"하하, 자, 그럼 일단으로 출발합니다요."
우린 공연히 너스레를 부리며
막국수 집을 향하여 출발하였다
어제완 달리 오늘은 봄 햇살이 꿀타래같이 쏟아지는 오후다
내가 그녀의 무릎에 놓인 손을 살포시 끌어다
나의 손에 포개어 잡고 기어레버 위에 올려놓자
가만히 보고만 있던 그녀가
조용히 미소를 머금은 얼굴로 나를 쳐다본다
그녀의 손등을 잡은 내 손을 타고
마치 그녀가 내게로 들어온 듯한 묘한 전율이 느껴진다
인간은 처음 마음에 드는 짝을 만날 때
그때 최고의 사랑을 느낀다고 했던가
하지만 그 사랑이 시작이 아니라 끝이라면
과연 어떻게 그 사랑을 받아들여야 할까

부쟁이

"옛날엔 면 종류와 김치 종류는 입에도 대지 않았는데 이젠
즐거이 먹는 것으로 봐서 나도 나이가 들었구나 싶은 생각을
하지요."
"이전엔 면 종류를 좋아하지 않으셨나 봐요?"
"저는 물론이고 대개의 여자들은 면 종류를 좋아해요, 라면
은 빼고…."
"경미 씨는 어떤 종류의 음식을 좋아하세요?"
"어디 한 번 맞추어 보세요."
그녀가 어깨를 들이밀며 장난스럽게 묻는다
"음…, 글쎄요…, 파스타?"
"땡!"
"그럼, 해산물?"
"땡!"
"하하, 모르겠는데요,"
"크흐, 저는요…, 안주종류 좋아해요."
그녀가 잔뜩 장난기 어린 표정으로 대답했다
"아니, 그럼 저하고 식성이 같다는 말씀?"
내가 맞장구를 쳐주자 그녀가 까르르 웃었다
오후로 넘어가는 따스한 봄바람이
차창을 타고 지나가고 있었다

막국수 집에 도착을 하자 예전의 막국수 집은 비어 있고
옆집으로 이전하였다는 안내 현수막이 걸려 있다

허름하던 옛 막국수 집은 빈집으로 둔 채 바로 옆에다
깨끗한 현대식 건물을 지어서 손님을 맞이하고 있었다
그동안 옛집 주위에 있던 몇 집을 매입하였나 보다
건물은 말할 것도 없고 정원의 크기만 해도
옛집의 몇 배는 족히 되어 보였다
정원도 잘 꾸미고 제법 잘 지은 건물이지만
옛집만큼 정감이 가지는 않았다

아직은 철 이른 막국수여서인지 손님들은 그렇게 많지 않았다
그녀는 비빔국수를 시켰고 난 물국수를 시켰다
비빔국수와 물국수의 차이라고 해 봐야
비빔국수에 동치미 국물을 넣느냐 넣지 않느냐의 차이다
이 집의 막국수가 맛이 있고 없고를 떠나
그녀도 맛있게 먹는 것 같았고…
나도 그렁저렁 맛있게 먹었다
기분 좋은 점심이었다.

오후로 접어들면서 햇살은 좀 더 굵어졌고 개나리는 눈부셨다
창문을 활짝 열고 포근한 봄바람을 즐기며
차를 낙산으로 몰았다
우린 어느새 자연스레 손을 잡는 사이가 되었다
모든 사물은 인연에 따라 생멸한다고 한다
인因은 결과를 낳기 위한 내적이고 직접적인 원인을 의미하고

153

부쟁이

연緣은 이를 돕는 외적이고 간접적인 원인을 의미한다
쉬운 말로 인은 씨앗이고 연은 토양 같다는 것이다
용수보살의 '중론'에 인과 연은 함께 존재하는 것이다
악이 연을 만나면 악과惡果를 얻을 것이며
선이 연을 만나면 선과善果를 이루게 된다고 했다
만남이 좋은 결실이 되든지 때론 악연이 되든지
이 모든 것은 인연과에 의해 드러난다고 했다
좋은 만남도 인연이요 나쁜 만남도 인연이다
우린 인연을 끊자는 말을 자주 하곤 한다
하지만 인연이란 싫어서 안 보거나
헤어진다고 해서 끊어질 수 있는 것이 아니다
그래서 좋은 인연이든 악연이든
아무리 사소한 사물과의 인연일지라도
소중하지 않은 인연은 없는 것이다
'구잡비유경'에선
사람은 나면서부터 제 짝이 있으니 사람의 힘으론 어쩔 수 없다
인연이란 짝을 만나면 서로 끌려 허락하는 것이니
뭇 짐승들 역시 마찬가지라고 말한다
우리도 인연으로 만났을 것이다
그리고 '구잡비유경'에서 말하듯 사람의 힘으로 어쩔 수 없는
서로의 끌림으로 가까워지고 있는 것일 게다
이성理性의 힘으로는 제어할 수 없는 근원적인 힘으로…
왠지 그녀를 신흥사에서 처음 볼 때부터

모습이나 느낌이 낯설지가 않았었다

난 지금의 이 행복이
마치 오래 전부터 이어져온 것 같은 착각에 빠졌다
차창으로 들어오는 신선한 바람과 그녀의 향취에 취하여
구름 위를 걷는 것만 같다
그녀가 나와 잡고 있는 손을 살며시 쥐었다 놓는다
그 작은 그녀의 행동에
나의 심장은 통제를 벗어나 제멋대로 날뛰고
이 감정을 그냥 둔다면 부정맥이라도 올 것 같은
참기 힘든 울렁거림이 호흡을 가쁘게까지 하였다
감정의 전환이 필요했다
"경미 씨, 미안하지만 여기 어디 전망 좋은 곳에서 담배
한 대만 피우고 가도 될까요?"
"아, 네, 전 괜찮아요, 그렇게 하세요."
지금 나의 상황을 모르는 그녀는
약간 의아하다는 눈빛으로 대답을 하였다
낙산을 불과 5분여도 남겨놓지 않고
물치항 인근 해변도로에 차를 세웠다
차에서 내리자 적당히 차지 않은 해풍이 불어왔다
담배를 꺼내 물고 깊숙이 달아서 두 모금을 마셨다
맥박과 심장고동이 정상으로 돌아오는 것 같았다
그녀도 차에서 내려 나에게로 다가왔다

부쟁이

"그렇게 급했어요, 담배가?"
난 그냥 멋쩍게 웃을 수밖에 없었다
"저 있는 데서 담배 피워도 괜찮아요, 전 담배를 피우진 않지만 요즘 사람들처럼 그렇게 담배 연기에 민감하진 않아요."
"요사인 담배 피우는 사람은 죄인 아닌 죄인이지 않습니까, 가정에서나 바깥에서나…. 건강을 위해서 끊어야겠다는 생각은 한 번도 해본 적이 없는데 눈치 보면서 피우는 것이 자존심도 상하고 또 상대에게 피해가 되니 몇 번 끊으려고도 하였지만… 이렇게 피우고 있습니다. 한 대 태우니까 좋긴 좋네요, 이제 또 가 볼까요?"
"네, 가요."
제멋대로 치닫던 심장은 정상을 찾았고
채 5분도 달리지 않아 낙산이었다

"낙산사를 둘러보고 내려올까요, 아니면 시간도 있고 하니 해변에 있는 해맞이길의 조각 작품들과 시비들을 산책 겸 둘러보고 낙산사로 올라갈까요?"
"해맞이길을 먼저 둘러보고 올라가요, 우리."
"그래요, 그렇게 합시다."
우린 해수욕장 초입 공용주차장에
차를 세워두고 해맞이길로 향했다
나도 꽤나 자주 오는 낙산이지만
해맞이길을 조성하고는 처음이다

백사장을 따라 솔밭 사이로 조성된 산책로에 설치한
향토시인들의 시비와 조각 작품들을 감상하며
바다와 백사장 솔밭이 주는 감흥을 동시에 느낄 수 있는
아름다운 산책로였다
누구나 이 길을 걸으면
좋은 추억의 그림으로 남을 만한 길이다
산책로 중간쯤 해변에 2인용 그네의자가
수평선을 바라보고 놓여있었다
그네의자가 그녀의 눈에 들어오자
그녀는 살며시 나를 그쪽으로 이끌었다
그녀가 먼저 그네에 걸터앉아 옆자리를 손으로 토닥이며
앉으라고 눈짓을 하였다
내가 옆자리에 앉자 그녀가 천천히 발을 굴려 의자를 흔든다
그녀가 어린아이처럼 해맑은 웃음을 지으며 나를 채근한다
"뭐하세요, 연호 씨, 연호 씨도 굴려 보세요."
나도 조금 쑥스러웠지만 힘차게 발을 굴렸다
그네의자가 탄력을 받아 힘차게 도리질을 치자
그녀는 한 손으론 나의 팔을, 한 손으론 그네 줄을 잡고
청룡열차라도 타는 듯
좋아서 어찌할 줄 모르겠다는 표정이다
그렇게 우리는 의자에 몸을 맡기고
먼 바다 수평선이 그어진 곳에서
백사장까지 이어지는 바다를 한참 동안 그렇게 바라보았다

부쟁이

낙산사를 둘러보기 위하여 의상대 쪽으로 올라갔다
의상의 좌선 수행처였다는 해안 언덕에 있는 의상대와
한 그루 관음송은 그 자체만으로도 훌륭한 작품이다
의상대에서 내려다보는 동해의 풍경은
누구에게나 감탄을 주는
넋을 빼어놓을 만한 비경이라 아니 할 수 없다
그야말로 비경悲境에 이를 아름다움이다
"이쪽 속초나 양양에 사시는 분들은 이렇게 아름다운 동해와
설악산을 곁에 두고 산다는 것만으로도 크나큰 행복인 거 같
아요."
그녀가 먼 바다를 바라보며
진정으로 부러움이 묻어나는 목소리로 말했다
"어쩌면 여기에 사는 사람들은 이 아름다움을 느끼지 못하고
살며 행복이라 생각지 않을 수도 있을 겁니다. 경미 씨가 하
조대에서 한 이야기처럼 우린 늘상 옆에 있는 것들에 대하여
는 터부시하는 경향이 있으니까요."
여기에 사시는 분들을 두고 한 말은 아니었고
우리 모두가 비슷한 과오를 저지르며 산다는 이야기였다
그녀가 공감을 표한다는 의미로 고개를 끄덕였다

또 다시 그녀가 어떤 사람이며 무엇을 하는 사람인지
이렇게 혼자서 여행을 온 목적이 무엇인지 궁금함이
해안으로 끝없이 밀려오는 너울처럼 서물서물 밀려왔다

우린 의상대의 풍경을 눈에 담고서

홍련암으로 발길을 돌렸다

홍련암으로 가는 경내 길목의 의상기념관에 보관된

2005년 화마로 인하여 불에 녹아버린 낙산사 동종의 형태는

말로 표현할 수 없을 정도로 처참한 모습을 하고 있었고

10년이 지난 지금의 낙산사는

옛 모습을 찾기에는 아직 많이 부족해 보였지만

그런대로 화마의 상처에서 벗어나고 있었다

홍련암에 이르자 동해를 바라보며

절벽 위에 세워진 암자의 자태는

보는 이들로 하여금 탄성을 자아내도록 하기에 충분하였다

홍련암은 건물이 절벽 위에 자리 잡고 있어

동해 쪽 전면이 아닌 옆면에 문을 달아 출입문으로 사용하며

암자의 법당 마루 밑을 통하여

출렁이는 바닷물을 볼 수 있도록 지어졌고

불전에는 작은 관음보살좌상이 모셔져 있다

그녀와 나는 나란히 법당으로 들어갔다

하지만 들어간 목적은 서로 달랐다

그녀는 참배하기 위해서

나는 법당 마루 밑 바다를 보기 위해서였다

법당 안에는 한 쪽엔 참배객들이 배례를

다른 한 쪽엔 마룻바닥에 엎드려

엉덩이를 치켜들고 구멍 속으로

마루 밑 바다를 보는 사람 뒤로 줄을 서서 기다리고 있었다
저번에 본 적도 있는 데다 줄을 서서 차례를 기다리는 것이
속물 같아 창피하기도 하였지만 구경을 하고서야 나왔다
그녀는 내가 나오고도 한참 후에야 법당에서 나왔다
그녀는 무엇을 위하여 관음보살좌상에 배례를 하였을까?
법당을 나오는 그녀의 얼굴이 참으로 평화롭다
촛불같이 따뜻하고 잔잔한 평화로움이 흘렀다
언젠가 속초에 살고 있는 지인에게 들은 이야기가 생각났다
홍련암에서 백일기도를 드리면 소원이 이루어진다고 했다
그 말을 내가 믿었다면 아니, 그게 사실이라면
난 풍찬노숙이라도 마다 않고 백일치성을 드렸을 것이다
나에게도 꼭 한 가지 소원이 있었다
그러나 그 소원은 전능하신 이들이
만들어줄 수 있는 것이 아니라
내 스스로 많이 만들 수 있다는 것을 나는 알고 있었고
내가 버린 꿈이었기에 그 소원을 빌어볼 염치도 없었다
누구에게나 슬픈 기억은 있고 슬픔 하나쯤은 간직하고 산다

"연호 씨, 이제 어디로 가요?"
그녀가 나의 팔에 안기며 물었다
"신선봉에 있는 해수관음보살상을 보러 갈까요? 신선봉에서
내려다보는 경치도 만만찮게 좋고요."
"넵, 좋아요."

우린 잡은 손을 흔들며 지나온 길을 되돌아
신선봉으로 올라갔다
신선봉으로 오르는 길섶에
복수초 수선화 꽃다지 제비꽃 민들레 등
야생화들이 조용히 탐방객들의 눈길을 사로잡는다
겨울은 어머니의 품이다
겨울은 새 생명의 젖줄이다
겨울이 품었던 씨앗들이 봄에 싹을 틔우고 꽃을 피운다
성장을 잃은 나뭇가지에
혹한의 동지섣달에도 젖물림을 놓지 않고
견뎌왔기에 산야에 파릇한 잎을 피우는 것이다
요란하지 않으면서도 아름다운 풀꽃들의 자태가
우리의 발길을 더디게 하고
우리는 그 여유를 즐기며 신선봉을 올랐다
신선봉에선 동해바다가 동 남 북으로 한눈에 내려다보인다
바다 쪽으로 놓인 벤치를 보고 그녀가 나의 손을 잡아끈다
"우리 저기에 좀 앉았다 가요."
"에구 다리도 아프고…."
그러고 보니 나도 조금 피곤하였다
"네, 그래요. 나도 조금 피곤하네요, 경미 씨도 힘드시죠?"
"아, 아니… 피곤하진 않고 그냥 조금 쉬었다가 가요."
망망한 은빛 바다 위에서
포구로 돌아오는 작은 통통배 하나가

부쟁이

점선을 찍으며 지나간다
지금 이렇게 두 손을 잡고 있는 우리도
이 손을 놓고 돌아서면
저 작은 통통배가 지나면서 바다에 일으킨 포말처럼
그렇게 흔적도 없이 잊히고 말까…?
바다에서 불어오는 비릿한 해풍과 따뜻한 햇살 속에 담긴
야생화의 꽃향기가 섞인 봄바람이
우리를 더 가까이 밀착시키고
풍경과 시간이 우리들의 행복 속에 갇혀
그대로 멈추어 버렸다
우린 서로에게 혹이나 방해가 될세라
한참을 말없이 바다만 바라보았다
그녀가 살포시 나의 어깨에 머리를 기대어 온다
그녀에게서 나오는 은은한 쟈스민 향기가
나를 몽환 상태에 빠트리고
나의 귀에선 구스타프 말러의 교향곡 5번 4악장에 나오는
현의 세레나데가 들려오고
난 더욱더 깊은 나락으로 빠져든다
그녀와 있는 이 시간은 난 아무 생각도 할 수가 없고
아무 생각이 없으므로 참다운 행복을 느낄 수 있다
그녀가 조용히 웅얼거리듯 말했다
"편안해요, 너무너무…."
"……."

졸음에 겨운 듯 살포시 내려감은 눈 위로
이마에서 흘러내린 머리카락이 바람에 나붙거리고
유리 탁자에 우유를 쏟아놓은 듯
하얗게 반짝이는 그녀의 얼굴은
평화롭고 편안해 보였다

그렇게 나의 둘째 날 여행도 서서히 저물어 가고 있었다
갑자기 시장기가 돌았다
여행지에서의 또 다른 즐거움은
지역의 향토 음식을 즐기는 것이 아니던가
"경미 씨, 우리 무엇이든 맛있는 거 먹을까요?"
"…연호 씨가 어디 한번 정해 보세요. 전 뭐든 잘 먹으니까
요."
"연호 씨, 뭐 먹고 싶어요?"
"가만… 뭐가 좋을까, 아! 내가 이야기했나요? 전 우아한 것보
다는 서민적인 거 좋아한다고."
"풋, 네 그래요. 서민적인 거 먹으러 가요."
내가 격식과 분위기를 말한 것인데
그녀는 음식으로 들은 듯하였다
"아니, 음식은 명품이고 분위기가 대중적이란 이야긴데…."
"아, 네…. 네…. 압니다요. 알아요, 선, 생, 님…."
그 말도 못 알아듣겠냐는 듯
한껏 샐쭉한 표정으로 대답을 하였다

부쟁이

정말 귀여운 여자다
그녀가 들었던 머리를 다시 나의 어깨에 올려놓는다
지금 일어서는 건 그녀의 평화를 깨는 것 같아
조금 더 벤치에 앉아 있기로 했다

동해바다는 해가 지지 않는다
동해를 노닐던 해는
설악동 넘어 천불동 계곡에서 휴식을 취하다
다음날이면 다시 동해를 찾는다
해가 지지 않는 바다 동해
그래서 사람들은 희망을 찾아 동해로 온다

그녀가 살며시 고개를 돌려 나를 바라보았다
그녀의 고요한 눈동자에 바람이 스쳐 흐르고
알 수 없는 슬픔이 고여 있음을 나는 보았다
그 감정이 나에게 고스란히 전달되어 오고
나는 순간 당혹스러웠다
그녀가 눈동자에 고인 잔영을 털어버리기라도 하듯이
벌떡 일어섰다
"연호 씨, 이제 우리 맛있는 거 먹으러 가요."
그녀가 조금 과한 동작을 취하며 나를 일으켜 세웠다
차가운 바람이 산 위로 불어오고
해는 서녘 천불동을 향하고 있었다

내려오는 길 대웅전 앞에는
가사장삼의 스님들이 저녁예불을 드리기 위하여
분주히 움직이고 있었다
스님들의 모습조차 풍경이 되는 산사의 한가로운 오후가
부산하지 않은 시간으로 흐르고 있다
우린 저녁 산사의 풍경을 여유로이 즐기며
주차장으로 내려왔다
내가 차의 시동을 걸자 그녀가 고개를 살짝 흔들며
궁금하다는 표정으로 물었다
"어디로 뭘 먹으러 가는지 말 안 했지 않나요?"
그러고 보니 서민적(?)인 것 말고는 정한 것이 없었다
갑자기 생각나는 것이 게 종류의 음식이었다
내 경험상으로 여자들이 좋아하는 음식이
공통적으로 게 종류였다
나 개인적으로는 좋아하거나 별로 즐겨 먹는 음식은 아니다
솔직히 나는 대게와 홍게의 맛 차이도 모르고 먹는다
하지만 마땅히 생각나는 것도 없고
게로 만든 음식이면
경미 씨도 좋아할 것 같다는 생각이 들었다
"대게나 홍게가 어떨까요?"
"연호 씨, 게 좋아하세요?"
"아니, 나는 그냥…. 경미 씨가 좋아할 것 같아서요."
"나는 좋아하지만 연호 씨가 싫어한다면 다른 걸로 먹어도

부쟁이

돼요."

"저도 괜찮습니다, 그럼 대게? 홍게?"

"여긴 홍게가 더 유명하지 않나요?"

그녀가 되물었다

"홍게가 홍게지, 아무렴 대게만 하겠습니까, 대게 먹으러 갑
시다."

나의 말에 그녀가 빙긋이 웃으며 말했다

"그럼 가격이 있는데 당연히 대게가 낫지요. 그래요, 대게로
당첨! 출발해요, 연호 씨!"

인터넷으로 검색을 해 보고 갈까 하다가

그냥 대포항으로 가기로 마음먹고 속초로 향하였다

대포항까지 가는 동안에도 우린 별 말 없이 갔다

오히려 그것이 나에겐 편안하고 좋았다

쓸데없는 이야기보단 말없이 나누는 교감이

더 많은 이야기와 깊은 감정을 전달할 수 있을 뿐만 아니라

달려와서는 부딪히고 또 달려왔다 사라지며

시시각각으로 변하는 창밖의 풍경을

동시에 느낄 수 있다는 것을 그녀도 나도 알기 때문이다

낙산에서 10여 분을 달리니 대포항이다

서울 사람들이 우스개로 하는 이야기가 있다

속초를 서울시 속초구라고 부른다

이야기인 즉 서울 사람들이 속초에 그만큼 많이 와서

시장경제에 도움을 준다는 이야기다
그 이야기의 중심이 바로 대포항이다
공용주차장에 주차를 하고
적당한 횟집을 찾기 위하여 식당가로 들어서자
가게 입구마다 수족관에 해산물을 가득가득 채워놓고
젊은 총각, 아주머니할 거 없이 집집마다 한 사람씩 나와
손짓과 눈길을 보낸다
몇 집을 지나쳐 조금 더 들어가자
수족관 안에 마치 붉은 벽돌을 쌓아 놓은 것같이
대게를 차곡차곡 포개어 한가득 담아 놓은 집이 있어
그 집을 택하여 들어갔다
입구에 있던 아주머니께서 우리를 식당 안으로 안내하고
밖으로 나가자 식당안 계산대에 서 있던 아주머니께서
우리를 다시 안내를 하며
홀이 1층과 2층으로 나뉘어져 있는데
어디에 앉을지를 물었다
내가 그녀에게 눈짓으로 의사를 묻자
2층이 좋겠다고 하여 우린 2층 창가를 택하여 앉았다
먼 바다는 보이지 않고 선착장과 등대가 바라다 보이는
그런대로 풍경이 있는…
아주머니가 물수건과 차림표를 들고 와서는
탁자에 비닐을 깔아 주셨다
우린 차림표를 펼치지도 않고 그냥 대게찜을 시켰고

부쟁이

적당히 둘이서 먹을 수 있는 양으로 부탁을 하였다
아주머니가 대게를 찌는 시간이 좀 걸리니까 우선 드시라며
멍게와 오징어회 메추리알 등을 조금씩 차려 주셨다
"경미 씨, 우선 대게 나오기 전에 맥주로 한잔 할까요?"
"네, 좋아요. 저는 카스로….”
맥주가 오고, 나나 경미 씨나 목이 마르던 터라
누가 먼저랄 것도 없이 시원하게 한 잔씩 따라 마셨다
그 모습에 우린 잔을 내려놓고 서로를 바라보며 웃고 말았다
창밖에선 둘째 날이 빠른 속도로 저물어가고 있었다
아무리 좋은 날도 나쁜 날도 빛이 어둠 속에 묻히듯
어둠이 빛에 걷히듯 그렇게 흘러가는 것이다
우린 대게가 나오길 기다리며 창밖 풍경을 보다가
서로의 얼굴을 쳐다보곤 말없이 씨익 웃고는 다시
창밖을 바라보는 일을 반복하며
맥주를 조금씩 비우고 있었지만
무료하다거나 어색함 없이 둘만의 시간을 채우고 있었다

약 30분이 지났을 무렵 아주머니가 빨갛게 익어
모락모락 김을 피우는 대게와 밑반찬 몇 가지를 올려놓고
맛있게 드시라는 인사를 하고 나가신 후
우린 대게와 소주를 탐미하며
본격적인 저녁인지 술판인지를 시작했다.
대게는 먹기 편하게 손질이 되어 있어

먹기에 전혀 불편함이 없었다
우린 술을 먹기 위하여 대게를 먹는지
대게를 먹기 위하여 술을 먹는지, 여하간 권커니 잣거니
소주 한 병을 금세 먹고 또 한 병을 시켰다
어제도 마셔 보았지만 그녀의 주량이 만만치 않아 보였다
조용하고 차분히 무슨 의식을 치루듯
마치 격식 있는 양식을 먹는 사람처럼
흐트러짐 하나 없이 마셨다
변한 게 있다면,
그 잔잔한 미소를 조금 더 자주 짓는다는 것 말고는
그대로의 모습으로 술을 마셨다

그녀의 가방에서 휴대폰의 진동이 울렸고
그녀가 꺼내어 보고는
나에게 살풋 목례를 하고는
자리에서 일어나 화장실 쪽으로 갔다
그때서야 나에게 휴대폰이 없다는 것이 생각났다
여행 올 때 휴대폰을 정리하고 온 것이다
겨우 이틀 밖에 되지 않았지만
발목에 묶여있던 족쇄를 풀은 느낌이다
휴대폰은 문명이 가져다준 최고로 편리한 이기라 하지만
성범죄자들이 찬다는 전자발찌와 다를 것이 하나 없다
나와 연결되어 있는 모든 인연들에서 단 하루

부쟁이

아니 단 한시도 벗어날 수 없게 하는 물건이다
그 물건이 없는 이틀은 통제에서 벗어나
오롯이 내 의지대로 모든 것을 할 수 있는 시간이었다
이건 그야말로 자유다
그녀 또한 휴대폰 때문에
지금의 여행에서 자유롭지 못한 것이다
잠시 후 그녀가 돌아와 미안하다는 표정을 지으며
몸을 살짝 움츠려 앉는다
"혹, 급한 일은 아니시죠?"
"네, 별일 아니에요, 미안해요."
"아! 아니, 하하 우리가 무슨 비즈니스하고 있습니까?"
그녀가 무슨 실례라도 범한 듯이
예의 그 조용한 미소를 지으며
나의 빈 잔에 술을 따랐다

이렇게 행복하고 즐거운 시간을 가지면서도
내심 염려스러운 것은 사랑스럽기 그지없는 이 여인이
앞으로 살아가면서 우리의 이 시간들을
행복했고 아름다운 추억으로 간직하지 못하고
혹여 상처를 입거나 슬픈 추억으로
그녀의 생활 속에 남을까 염려요 걱정이다
살면서 누군가로 인하여
내가 상처를 받을 때도 슬프고 힘들지만

나로 인해 누군가가 상처를 받는다면
그것은 더 참을 수 없는 아픔이다

창밖 가로등에 불들이 들어오고
멀리 등대불이 돌기 시작하자
그녀의 얼굴에도 발그스레 불이 들어왔다
"연호 씨, 우리 여기서 먹고 어디 가요?"
"아…, 저…."
나는 순간 당황했다
술을 마시면서도 내내 이 자리가 끝나면 어떻게 해야 하나
생각중이었지만 그녀의 마음도 알 수가 없고
또 좋은 생각도 떠오르지 않는 차에
그녀가 불쑥 물어온 것이다
"글쎄요…."
이제 그녀의 생각을 알았으니까
무엇을 할 것인가만 생각하면 되는데
그녀에 대해 알고 있는 것이 없으니
무엇을 하여야 좋을지 쉽지 않은 문제였다
하지만 중요한 것은 그녀가
여기서 끝내고 들어가질 않겠다는 의사를 보인 것이다
내가 무슨 생각을 하고 있는지는 모르겠지만
같이 더 있자는 말이기에 대단히 기분이 좋았다
어디로 가야 하나 내 딴에는 심각한 고민을 하고 있는데

171

부쟁이

"저어기 끝 쪽에 보이는 호텔 스카이라운지 가서 한잔 더 해
요, 우리."
그녀가 눈치라도 챈 듯 단번에 나의 고민을 들어주었다
아직도 식탁에는 대게가 많이 남아 있고
2병째 소주병은 밑자락을 보이고 있었다
우린 남은 술을 마저 따라서 마시고 대게 집을 나왔다
나오기 전에 미리 그녀에게
내가 계산을 할 테니 카운터 앞에서
창피하게 실랑이는 하지 말자고 말해 두었던 터라
그녀는 조용히 보고만 있었다

항구의 밤은 불빛 아래 출렁이는 어선들을 따라 흔들리고
그녀는 흔들리지 않으려는 듯 나의 팔을 꼭 붙들고 따라왔다
부드러운 밤바람이 달아오른 볼을 타고 시원하게 불어와
마치 산소 방울 속에 서 있는 듯 상쾌하다
바람 사이에 끼여 있는 비릿한 생선 내음은
선창가의 흥취를 한껏 돋우고
우리의 발걸음도 봄바람처럼 가볍다
한 발은 취기가 한 발은 봄바람이
우리를 싣고 항구의 밤을 가른다
우린 바닷가 호텔 라운지에서
입가심으로 맥주를 몇 잔 더 마시고
거의 자정이 가까워서야 숙소에 도착하였다

그녀와 난 마냥 행복하였고
모든 것이 아름답게 보일 만큼 취해 있었다
우린 늘 그랬던 사람들처럼
팔짱을 끼고 엘리베이터에 올랐다
그녀가 조용히 나를 올려다보았다
순간 엘리베이터 안의 공기가 모두 빠져나가는 기분이었다
가슴은 답답하고 숨이 막혔다
쓰러질 것만 같은 순간에 엘리베이터의 문이 열렸다
내가 먼저 내리고 그녀가 따라 내렸다
나의 지금 상황은 이성의 빛은 상실되고
감성이 머리를 통제하고 있음이다
하지만 어떻게 해야 할지 무엇을 하여야 할지도 모른다
알 수 있는 것은 내가 벌써 나의 방 앞에까지 왔다는 것이다
내 방 앞에서 걸음을 멈추자 그녀도 따라서 걸음을 멈추었다
호텔방 카드를 주머니에서 꺼내어 현관문을 열 때까지
그녀는 나의 등 뒤에 서 있었다
현관문이 열리자
나는 그녀의 허리를 한손으로 가볍게 감싸 올려
현관으로 들어왔고
현관 도어락이 미처 잠기는 소리가 나기도 전에
나의 입술은 그녀의 입술 위에서 마그마를 분출하듯
뜨거운 입김을 토하고 있었다
그녀의 허리는 잘 휘어진 각궁角弓처럼 팽팽하니

173

나의 하반신을 밀고 들어왔다.

나의 입술이 그녀의 입술을 탐미하면

그녀의 입술은 나의 입술을 음미하고

또 그 반대로의 음미와 탐미의 황홀함을 헤매다가

그녀를 정신없이 침대로 이끌자 그녀가 살며시 나를 밀었다

"잠깐만요, 씻고 올게요."

그녀가 감히 거역할 수 없는 낮고 사랑이 깃든 음성으로

나를 토닥이고는 욕실로 들어갔다

얼마의 시간이 흐르고 목욕가운을 입은 그녀가

새벽 물안개를 뚫고 나온 청초한 산제비난처럼

나에게로 걸어왔다

"저도 씻고 오겠습니다."

나는 몸을 씻는 거보다 식히는 게 더 급했다

아직은 물이 꽤나 차가운 계절이지만

냉수로 샤워를 하고서야 조금은 진정이 되는 듯하였다

방안엔 스탠드 조명만 남겨놓고 불은 모두 꺼져 있고

그녀는 이불 속에서 눈만 동그랗게 내어놓고

나를 바라보았다

나는 가운을 벗고 조심스럽게 그녀에게로 파고들었다

상큼한 풀비린내가 그녀의 몸에서 뿜어져 나오고

파르르 떨고 있는 그녀의 피부는

마치 라넌큘러스 꽃잎처럼 맑고 투명하며

너무나 보드라워 손길만 닿아도 생채기가 날 거 같았지만

174

나에게 전달되는 그녀의 떨림은 도리어 자극이 되었다
입술에서 시작된 탐구와 탐닉은 그녀의 가슴을 헤집어 놓고
그녀의 몸이 뒤틀리고 떨림이 심하여
갈수록 나는 더 깊은 곳을 찾아서 헤매고 있었다
쉼 없이 숨을 몰아쉬던 그녀가 나의 목을 꼭 끌어안고는
나의 몸 위로 올라왔다
답례라도 하듯이
그녀의 입술과 혀가 내 몸 구석구석 민감한 부위들을 훑는다
숨이 멎을 것만 같다
이쯤에서 시간이 멈추었으면 좋겠다
더 이상 참을 수 없는 나는 그녀를 다시 돌려 눕히고
나의 전부를 그녀의 몸속으로 밀어 넣었다
'헉' 하는 외마디의 숨소리가
둘의 입에서 동시에 튀어나왔고
우린 얼마간 움직임을 잊었다
이제껏 내가 하였던 성교가 분명 이렇지는 않았다
놀라운 기분이다
살과 뼈가 다 녹아내리고
울컥 설움이 복받치는 극적인 쾌감이다
부드럽게 그리곤 강하게 음악을 연주하듯
그녀를 위하여 나를 위하여 몸을 살랐다
행위가 끝난 후에도 흥분은 가시지 않고
나는 쉽게 마음을 추스를 수가 없었다

부쟁이

우린 침대 위인지 구름 위인지 분간이 없는 행복에 흠뻑 젖어
서로의 향취를 마음껏 공유하며 밤을 보냈다

깜빡 잠이 들었다 깨어 보니 그녀가 보이지 않는다
화장실에 갔나 하고 기다려 보았지만 그도 아니었다
불을 켜고 보니 머리맡 탁자에 메모가 놓여 있었다
아침에 일어나면 방으로 전화 달라는 간단한 문구였다
냉장고로 달려가 과음으로 타는 목을 달래고
아직도 가시지 않은 노곤하고 달콤한 기분을
더 느끼고 싶어 이불 속으로 파고들었다
그녀의 체온과 향취와 느낌이
이불 속에서 빠져 나가지 못하고 그대로 남아있었다
다시 한 시간 가까이 자고 나서야 일어났다
기분 좋은 아침이다
종다리가 구름을 차고 오르듯 상쾌한 아침이다
그녀에게 전화를 걸었다
"좋은 아침입니다."
"네 연호 씨, 안녕히 주무셨어요?"
촉촉하게 젖은 그녀의 목소리가 전화기를 타고
나의 귀에다 숨을 불어넣는 것같이
귓속까지 찌릿하게 파고든다
"8시에 한식당에서 만나요, 우리."
시계를 보니 7시를 넘어서고 있었다

"네, 알겠습니다. 식당에서 뵐게요."
전화를 끊고 커피포토에 물을 올렸다
샤워를 하기 전에 머리부터 아니, 생각부터 정리가 필요했다
그녀를 보는 것이
어제보다 더 서름서름할 수도 있을 거 같았다
그리고 그녀는 오늘 아니면
길어야 내일이면 나와의 인연은 끝이 난다
가슴에 밤송이를 껴안은 것처럼 저리고 아프다
매일 매일이 변함없는 반복의 일상이요
삶이란 하루의 연속에 불과하다는 나의 지론에 혼란이 왔다
그녀와 보내고 있는 이 시간들은
내가 생각하던 그 일상의 시간이 아니다
급류를 타고 빠르게 흐르던 계곡물이 큰 바위에 부딪혀서
거꾸로 솟구치다 소용돌이 속으로 맴돌아 빠지듯
나의 사유思惟는 칠흑 같은 어둠 속으로 곤두박질친다
샤워로 몸과 마음을 정리하고 한식당으로 내려갔다
그녀가 먼저 도착해서 환한 얼굴로 나를 맞아주었다
"속은 괜찮으세요? 저는 좀…."
"저도 좀…. 그래서 황태해장국이 어떨까 해서요."
그녀가 미간을 살짝 찡그리며
속이 거북하다는 표정으로 물었다
"그래요, 황태해장국으로 합시다."
주문을 하고 얼마 기다리지 않아 음식이 나오고

부쟁이

경미 씨나 나나 까칠한 입맛에

밥은 한술 뜨는 둥 마는 둥하다가

속이나 달랠 요량으로 국물 몇 숟가락만을 뜨고 말았다

"저는 오늘 체크아웃하는데…, 연호 씨는 언제까지 있을 예정이세요?"

"저도 오늘까지 예약을 하였습니다."

"아! 그럼 오늘 서울로 가시나요?"

"아니요, 부산으로 내려갈 예정이었습니다. 경미 씨는요?"

"아…, 네, 저는… 오늘 서울 가는 걸로 되어 있는데….'

대화가 끊기고 어색한 시간이 흘렀다

"저, 우리 오늘 하루만 더 있다가 갈까요?"

무례한 이야긴 줄 알면서 조급한 마음에 불쑥 물었다

내가 그녀와 하루 더 있는다고 해서

나에게 달라지는 것은 아무것도 없다

그러나 그녀는 오늘 하루의 변화로

많은 것이 달라질 수도 있다

이건 정말이지 아무 의미 없는 나의 욕심이다

허나 머리로는 후회를 하고

마음은 그녀의 긍정적 대답을 기다리고 있었다

시세말로 참으로 한심한 시추에이션이다

양손으로 턱을 괸 채 나를 지긋이 바라보며

생긋이 웃던 그녀가 물었다

"여기서 하루 더 있다가 가시게요?"

"아니요, 사실은 저도 오늘은 부산에 내려가서 하루를 유하
려고 생각했는데 경미 씨하고 하루라도 더 있고 싶은 저의 욕
심에 그만…."

"아니, 그러니까 여기 속초에 하루 더 있자는 말씀인가요?"

"아니요, 경미 씨만 괜찮다면 정동진에 내려가서 하루 더 머
물다 갈까 해서요."

그대로 나를 빤히 바라보던 그녀가 또다시 나에게 물었다

"우리 서울에서는 만날 일이 없을까요?"

"글쎄요, 서울, 아니, 그 어떤 곳에서도 우린 다시 만나지 못
하게 될지도…."

내 말이 끝나자 그녀는 살짝 고개를 끄덕였는지 저었는지

모호한 제스처를 취하고

다시 무언가를 물어 보려는 표정이었다가

그만 두는 것 같았다

그녀가 아마 나의 말을 오해할 수도 있으리란

생각이 들었지만

어떻게 할 수가 없지 않는가

잠시 침묵이 흐르고 생각에 잠겼던 그녀가

짐을 정리해서 내려올 테니 한 시간 후에

로비에서 만나자고 한다

난 지금 그녀에게 무언가를 잘못하고 있다는

생각이 들었지만

그 생각을 바로잡을 수가 없었다

부쟁이

방에 돌아와서 우선 정동진 썬쿠르즈 호텔에 전화를 하여
룸 예약이 가능한지를 알아보니
가능하다고 하여 예약을 하고
로비로 내려와 체크아웃 후에 짐이랄 것도 없는
간단한 나의 가방을 차에 먼저 실어놓고
그녀가 내려오길 기다렸다
그녀와 하루를 더 보낸다고 해서
달라질 것도 변화할 것도 없지만
허망스런 나의 마지막 욕심이었다
그녀와 같이 있다는 것만으로도
마음이 안정되고 행복하였다
사랑은 이렇게 아무 조건이 없을 때
행복과 흥분의 극치를 이룰 수 있나 보다
멀리 보지 않고 현실만 바라볼 때
진정한 사랑을 찾을 수 있나 보다
그녀가 내려오고 그녀의 짐을 나의 차에 실어놓고
우린 커피숍에 들러 테이크아웃으로 커피 한 잔씩을 사들고
정동진으로 향하였다

해안을 따라 펼쳐진 동해는 아침 햇살을 머금어
쟁반 위에 은가루를 뿌려 놓은 듯
푸름 위에 눈부시게 반짝이고
산야엔 초록이 도타워지고 길섶에 도열한 개나리의 촉수는

한껏 높아져 봄을 화려하게 밝힌다
속초에서 정동진까지는 약 1시간 30분 정도가 걸리는 길이다
우린 약속이나 스케줄에 의해서 가는 것이 아니기에
천천히 산수를 즐기며 가기로 했다
하지만 내내 그녀를 붙잡은 것이 마음에 걸린다
그녀에게 사심이 있거나 기대하는 바가 있어서
그녀와 하루를 더 보내고자 한 것이 아님은
스스로 잘 알고 있지만
거꾸로 그러하기에 붙잡은 것이
마음에 걸리는 줄도 모르겠다
일단은 그녀가 나와 하루를 더 지내기로 승낙을 한 이상
그녀와 즐거운 시간을 가지는 것이
최선이라고 자위를 해 보지만
마음은 편치를 않다
하지만 기분은 좋으니 이 또한 무슨 이율배반인가
그녀는 커피를 마시며 바깥 풍경을 감상하다가
콤팩트디스크가 어디에 있냐고 물었다
콘솔박스에 있다고 알려주자
박스를 열어보아도 되느냐고 물었고
열고 마음에 드는 음악을 찾아보라 하자
이것저것 고르다가 슈베르트의 겨울 나그네 CD를 골라
오디오 기기에 꽂았다
뮐러의 시에 곡을 붙인 서정적 연가곡집이다

부쟁이

총 24곡으로 이루어진 슈베르트 말년(31세에 사망)의 정서를

보여주는 허무와 비애, 외로움, 죽음을 동경하는 니힐리즘

즉 색채가 진하게 배어있는 연가곡이다

나와 비슷한 색깔의 곡이라

내가 좋아하고 평소에 자주 듣는 곡이다

음악과 차창 밖의 풍경과는 어울리지 않았지만

음악과 풍경을 음미하며

편안하고 여유롭게 해안도로를 따라

남애항을 지나 주문진으로 차를 몰았다

우리는 내려가는 길에 주문진에 들러

시장구경을 하고 가기로 했었다

주문진 수산시장이 눈에 들어오자

기분 나쁘지 않은 비릿한 생선 내음이 울컥 밀려왔다

바닷가 선착장 뚝방을 따라 노점 위에 마치 난민촌 텐트처럼

비닐과 천막으로 엉기성기 만들어진 시장이지만

활기가 펄떡이는 시장이다

점포마다 어떤 놈은 산 채로

플라스틱 대야에 갇혀서 파닥이고

어떤 놈은 죽어 시체로 진열되어 있다

사람들은 어느 쪽이든 기분 좋은 시선을 준다

여기선 살아있는 놈이나 죽은 놈이나 경계선이 없다

대야에 담겨 살아있는 놈들이 곧 누군가의 선택에 의하여

얼마 후 목이 잘리고 살을 도려내고 뼈를 발라내는
죽음을 자각할 수 있다면 이들은 어떤 행동을 할까?
사람이 이성과 감성을 가지고 태어나는 것이 축복일까?
하늘이 부여한 천형일까?

그녀는 사람들 속을 헤집고 다니며
신기하고 재미있어 죽겠다는 표정이다.
시장 끝머리에 이르러 좌판대에서 구워 파는 도루묵을 보자
"연호 씨, 우리 저거 하나씩 먹어요, 네?"
그녀는 나의 대답을 기다리기도 전에
좌판 앞으로 나를 이끌었다
겨울에만 나는 도루묵인 줄 알고 있었는데
봄에 잡히는 도루묵은 알은 없지만
살이 많아 연하고 별미라고 한다
"맛있어요, 그죠? 그죠 연호 씨!"
그녀는 맛보다는 재미있다는 표정이다
우리는 도루묵을 먹고 시장을 조금 더 둘러본 다음
두 사람이 먹을 만치의 도다리와 복어 회를 포장해서
시장을 나와 가까운 식당에 들러
물메기탕으로 점심을 해결하고
다시 정동진으로 향했다

정동진 호텔에 도착 체크인을 하기 위하여

부쟁이

서로의 가방을 챙기고
호텔로 들어가는 정문으로 들어서자 약간은 이국적인
잘 가꾸어진 아름다운 정원을 지나 바닷가 절벽 위에
크루즈 모양을 한 호텔이 우뚝 서 있다
정원에 여신상들이 도열한 길을 따라 호텔 로비로 들어서자
우측에 프론트 데스크가 있고
직원들은 모두 승무원 복장들을 하고 있었다
내가 먼저 걸어가서 체크인을 하고
방 카드키 두 개를 받아왔다
그녀에게 하나를 건네주자
내 손에도 카드키가 하나 들려 있는 것을 보고는
'이건 뭐에요' 라는 표정으로 나를 바라보다가
이내 카드키를 받아들었다
"가방 두고 나오세요. 호텔 입구에서 산길로 조금만 내려가
면 해안초소를 따라 데크 밑으로 파도가 출렁이는 둘레길이
놓여 있는데 가히 장관이랍니다. 나도 가방 두고 나올게요."

방에 가방을 던져두고 로비로 내려와 기다리자
그녀도 곧바로 로비로 내려왔다
호텔 주차장 옆 산길을 따라 내려가자
예전엔 군인들이 해안초소 교대 근무를 위하여
해안 절벽을 따라 깎아 만들어 사용하였던 길
(얼마 전까지만 하여도 민간인 통제구역이었으나 지방자치

단체의 개방요구를 군이 받아들여 오전 9시부터 오후 5시까
지 개방을 하게 되었다)
위로 테크가 놓여 있었다
장관이 펼쳐졌다
"세상 많이 좋아졌네요, 이런 곳에 둘레길이 놓여지다니…"
그녀가 한 폭의 그림처럼 펼쳐진 풍경에 젖어
혼잣말처럼 이야기 하였다
우린 천천히 마음껏 경관을 만끽하며 걸었다
결코 가질 수 없는 아름다움이기에
아름다움 속으로 걸어 들었다
그녀와 내가 바라보는 아름다운 이 풍경들이 제 아무리
아름답다 하여도 인간 세상사까지 아름답게 해줄 순 없다
그것이 오늘날의 슬픈 나를 만들었다

파도가 출렁이면 마음도 따라 출렁대고 파도가 밀려와
해안에 부딪혀 부서지면 마음도 산산이 조각나 사라진다
우린 파도를 타듯 그렇게 한참을 말없이 걸었다
바람은 청량하고 옥빛 하늘이 그대로 내려와 바다에 앉았다

사람이 태어나서
성공한 삶과 실패한 삶의 기준이 어디까지인지
알 수가 없는 것은 태어나면서 각자에게
주어진 분량의 숙제 같은 것이 있다면

부쟁이

주어진 분량에 대한 질적 양적 완성도에 의하여
타인에 의한 평가나 스스로의 평가로 따져볼 수 있겠지만
소위 사회적 잣대로 평가되는 기업가나 정치가
예술가로서의 평판과 입지로
인생의 성공 여부를 결정짓는 것이
과연 성공한 삶이며 타당한 평가일까?
나만을 위한 자유로운 삶이 성공한 삶일까?
아니면 평생을 봉사로 일관한 삶이 성공한 삶일까?
끝없이 나를 통제하며
신의 발길을 쫓아가는 삶이 성공한 삶일까?
성공과 실패 여부를 떠나서 죽는 날까지 만족하며
스스로의 삶에 행복하였다면 그것이 참다운 성공적 삶일까?
사회적 공헌도에 따라 삶이 평가되고
그 어디에도 해당하지 않는다면
태어나지 말았어야 하는 있으나 마나한 존재일까?
종족보존의 본능에 의한 결과물로 태어나서
생물의 공통적 약육강식의 법칙과
적자생존의 법칙에 충실한
단순한 생물학적 그 이상도 그 이하도 아닌 것에
불과하지 않는 것이지는 않을까?

아름다운 풍경을 훼손하는 공해 물을
내 머리가 쏟아내고 있었고

그녀는 나의 사색에 방해가 되지 않으려는 것인지
풍광에 젖어서인지 그녀 또한 사색을 즐기는 중인지
말없이 조용히 바다를 걷는다

어느새 선쿠루즈에서 출발한 부채길이
반대쪽 출발지인 심곡항이 눈에 들어온다
그제서야 그녀가 해풍 같은 미소로 나를 바라보며
손을 꼬옥 잡는다
멀리 바라보이는 심곡항이 마치 그녀와의 3일간 여행의
종착지를 보는 듯 찬바람이 얼얼하게 가슴을 파고든다
아직도 내가 내려놓지 못한 찌꺼기가
스멀스멀 숨을 쉬는 모양이다
"경미 씨, 다리 아프진 않나요?"
"아니요, 괜찮아요, 연호 씨, 다리 아프세요?"
"아! 아니요, 저도 괜찮습니다."
"좋죠? 이 길…."
"네, 좋아요, 시간이 되면 겨울 즈음에 한 번 더 오고 싶어요."
그녀가 다시 찾을 그 겨울에
그녀는 무슨 생각을 하며 이 길을 걷고 있을까?
행복하게 걸을 수 있는 길이 되었으면 좋겠다
"경미 씨, 다시 돌아서 가기는 무리인 듯하니 심곡항에서 택
시를 타기로 하죠."
"네, 좋을 대로 하세요."

부쟁이

심곡항 매표소에서도 출발하는 사람들이 적지 않아서인지
택시는 그렇게 오래 기다리지 않아도 잡을 수가 있었다
아직 저녁을 먹기에는 이른 시간이라
호텔 내에 있는 조각공원을 둘러보고
벤치에 앉아서 저녁 풍경을 조금 더 즐기기로 했다

서산마루에서 불붙은 노을이
조각공원의 조형물들에게 드리워지고
어둠이 바다에 내리기도 전에 바다 위에는 조각달이 걸렸다
누구에게나 오는 아침이듯
누구에게나 가는 일상의 저녁 풍경이다
하지만 누군가에게는 특별한 저녁 풍경이고
그것이 나에게도 모두에게도 해당이 된다는 것을
우리들은 자각하지 못하고 살아가고 있다
생의 마지막 전날은 오늘이다
우리는 매일 마지막 전날을 살고 있는 것이다
노을진 공원을 바라보던 그녀가 조용히 나를 불렀다
"연호 씨!"
"……."
한참을 말이 없던 그녀가
"연호 씨의 미소 짓는 눈동자 속에는 찰랑이는 눈물이 보여
요. 웃음 뒤로 드리워진 슬픈 그림자가 더 마음을 아프게 해
요. 나에게만은 그렇게 웃지 않아도 좋아요, 연호 씨의 그 미

소가 오래도록 잊혀지지 않을 것 같아요."
그녀의 말에 나는 당혹스러움을 감출 수가 없었다
그녀 앞에 발가벗겨진 채 앉아있는 느낌이었다
나는 무슨 말로 답변을 하여야 할지 찾을 수가 없었다
그녀의 얼굴을 바라보지도 못하고 한참을 그냥 앉아있었다
"… 미안합니다, 내가 그렇게 보였나요? 내가 그런 모습으로
경미 씨한테 보여졌다면…, 정말로 미안한 일이네요."
"아니, 미안하라고 한 이야기가 아닌데…"
그녀가 슬픔과 미안함이 교차하는 얼굴로 나를 바라보며
나의 손을 살포시 잡았다
괜한 말을 하였다는 표정이었다
내가 먼저 분위기를 바꿔야겠다는 생각이 들었다
"우리 이제 일어나서 한 바퀴 돌아본 다음 들어가서 주문진
에서 사가지고 온 해산물이랑 소주나 한잔 할까요?"
"네, 그렇게 해요."
그녀 또한 어색해진 분위기를 탈피하려는 듯
기다렸다는 듯이 대답을 하였다
산마루에서 시작해서 조각공원을 따라
해변으로 내려온 노을이
해변에서 조각공원을 거쳐 산마루 쪽 어둠 속으로
서서히 빨려들고 있었다

우린 호텔 편의점에 들러

부쟁이

소주와 맥주를 넉넉히 사서 객실로 올라왔다
그녀는 편한 옷으로 갈아입고 오겠다고 자기 방으로 가고
나는 방으로 들어와 주문진에서 사온
해산물과 술과 술잔 등을
테이블에 펼쳐 놓는 동안 그녀가 들어왔다
이 아까운 시간에 호텔방에서
술이나 먹어야 되나 하는 생각과
그녀에게 미안한 마음이 들었지만 달리 할 일도 없었다
그녀가 나의 마음을 알기라도 하는 듯
애써 즐거운 표정을 지으며 자리에 앉았다
그녀의 표정을 읽을수록 나의 가슴은 짠하니 아리었다
나는 빨리 술이라도 먹어야 할 것 같아
그녀가 앉아마자 소주병 뚜껑을 땄다
그녀가 냉큼 술잔을 내밀었다
그녀의 얼굴엔 마치 전투를 앞둔
전사의 비장함 같은 것이 서려 있었다
그야말로 웃어야 할지 울어야 할지 모를 기분이 들었다
술병과 술잔을 든 우리는 마주보고 웃을 수밖에 없었다
아무 말이나 필요했던 우리는 부채길의 풍경 이야기와
먹고 있는 해산물의 품평이나 하면서 술잔을 기울였다
술병이 어느 정도 비워지자 그녀가 한 마디 했다
"연호 씨, 덕분에 잊지 못할 여행이었어요. 어디에 계시든 행복하세요."

그녀가 마지막 인사처럼 떨리는 음성을 숨기지 못하고
슬픔이 가득 어린 얼굴로 나의 행복을 빌었다
"고맙습니다, 저도 처음이자 마지막일지 모를 행복한 여행이
었습니다. 고마워요 경미 씨!"
"……."
"……."
우린 그 이후로 말없이 술만 마셨다
침묵의 무게를 이기지 못한 몸이 땅속으로 꺼질 것만 같았다
술잔이 두어 잔 더 오고 간 뒤
그녀가 비틀거리며 나의 침대로 올라갔다
나는 그냥 바라볼 수밖에 없었다
그녀는 이내 잠이 들은 듯하였고
나는 테이블을 대충 정리하고 밖으로 나왔다

명주실같이 고운 봄바람이 불어왔다
알 수 없는 설움이 복받쳐 올라왔고
두려움도 어둠 속에서 꿈틀거리고 있었다

방으로 돌아와 소파에 누워 잠을 청하여 보았지만
잠은 오지 않았다
그녀도 잠이 들은 것 같지는 않았다
지난날들이 시나브로 머릿속을 돌고 돌았다
별반 새로울 것이 없는 날들이었음을 확인할 수 있었다

191

뚝
부쟁이

여명이 커튼 사이로 비집고 들어왔다

그렇게 우리는 밤을 새웠고 아침은 밝았다

밤새 잠 못 이루고 뒤척이던 그녀가 침대에서 일어났다

"저는 제방에 가서 씻고 천천히 준비할게요, 연호 씨는 잠깐

이라도 눈을 붙이세요."

그녀가 걱정 어린 말을 남기고 자기 방으로 갔다

그녀가 간 후에도 나는 눈을 붙일 수가 없었고

한참을 멍하니 소파에 누워 있다가 정신을 차리고 일어나

가방을 정리한 후 예약하여 둔 오사카행

오후 3시 30분 크루즈 시간을 다시 확인하고 샤워를 하였다

그녀를 강릉 버스터미널에 내려주고

부산항 여객터미널까지 넉넉히 가려면

5시간 이상은 잡아야 하니까

아침을 먹고 그녀가 9시쯤에 버스를 타야만 했다

인터넷으로 조회를 해 보니

1시간 간격으로 서울로 가는 버스가 있고

8시 50분에 출발하는 버스가 있었다

나는 그녀가 준비할 시간을 예상하여

방에 있는 인스턴트 커피를 한잔 타서 마시고

그녀의 방으로 전화를 하였다

아마 그녀도 내가 잠깐이라도 잘 시간을 주기 위하여

기다리고 있었던 듯하였다

"조금이라도 눈 좀 붙였나요?"

그녀의 걱정 어린 목소리가 전화기를 타고 들려왔다

"아, 네…. 준비 다하셨으면 아침 먹게 이쪽으로 오실래요?"

"네!"

곧 그녀가 오고 우리는 식당으로 가서 먹는 둥 마는 둥

식사를 마치고 방으로 가서

가방을 가지고 나와 체크아웃을 하고

강릉버스터미널로 갔다

터미널에 도착하니

출발시간이 조금 남아 커피숍으로 들어갔다

그녀나 나나 남은 시간을 같이 하는 것이

더 괴로운 일일 수도 있었다

우린 커피를 시켜놓고

그 짧은 시간에도 아무런 말을 할 수가 없었다

만남도 그러하였지만 이별도

이별 아닌 이별을 고하고 있었다

하지만 이 여인은

나에겐 처음이자 마지막 온전한 만남이었다

우리의 만남이 그녀의 가슴에서 향기가 가시지 않는

추억의 꽃으로 키워졌으면 좋겠다는 생각을 했다

한참을 아무런 말없이

나를 바라보던 그녀의 입술이 파르르 떨렸다

"연호 씨! 연호 씨 덕분에 앞으론 더 성숙한 연주자로서 보다

깊이 있는 음악을 할 수 있을 것만 같아요, 웃을지 모르겠지

부쟁이

만 전 오로지 음악이 친구이자 애인이었어요, 삶 자체였지요,
나에게 남자는 연호 씨가 처음 이었고요. 내가 지금까지 살아
온 것보다 많은 것을 연호 씨가 저에게 남겨주셨어요, 고맙습
니다, 안녕히… 가세요."
그녀가 마지막으로 자기 이야기를 하였다
"……."
우린 서로를 바라볼 수가 없었다

출발시간을 5분쯤 남겨두고 승강장으로 갔다
그녀는 선뜻 발을 떼지 못하였고
내가 먼저 작별 인사를 하였다
"안녕히 가세요, 경미 씨…."
단단히 마음을 부여잡고 하는 인사였지만
나의 목소리도 흔들리고 있었다
그녀의 입술도 문풍지처럼 떨고 있었다
"잘 가요, 연호 씨, 그곳이 어디든 연호 씨가 행복한 길이었으
면 좋겠어요. 잘… 가요…."
그녀는 시선을 떨군 채 마지막 인사를 남기고 버스에 올랐다
그리곤 끝내 시선을 창밖으로 돌리지 않았고
버스는 나의 시야에서 멀어져 갔다

부산항 국제여객선터미널에 도착하니
약 1시간 정도의 여유가 있었다

상점에 들러 비닐봉투 2개를 사서 차 안에 싣고 다니던
잡다한 물건들을 담아 쓰레기통에 버리고 승선을 하였다
화창한 봄날의 오후 선창에서 바라보는 부산은
더없이 아름다웠다

밤이 한참 익을 무렵 갑판에 나오니
망망대해 선수에 부딪혀 깨지는 파도의 포말과
촘촘히 빛나는 별빛 그리고 나만이 존재하였다
하늘의 별과 바다와 내가 일체가 되는 순간이다

멀리서 유성이 떨어진다
그 빈자리로 내가 올라간다

1년 후 화사한 봄날
부산발 오사카행 크루즈에는
경미가 국화꽃 한 다발을 들고 갑판에 서서
바다 위로 한 송이 한 송이 국화꽃을 던지고 있다

부쟁이

장정희 시집

쑥부쟁이

·

지은이 / 장정희
발행인 / 김영란
발행처 / 한누리미디어
디자인 / 지선숙

·

08303, 서울시 구로구 구로중앙로18길 40, 2층(구로동)
전화 / (02)379-4514, 379-4519
Fax / (02)379-4516
E-mail/hannury2003@hanmail.net

·

신고번호 / 제 25100-2016-000025호
신고연월일 / 2016. 4. 11
등록일 / 1993. 11. 4

·

초판발행일 / 2018년 5월 18일

·

ⓒ 2018 장정희 Printed in KOREA

·

값 12,000원

·

·

ISBN 978-89-7969-775-9 03810